Herrn Arnes Schatz

Selma Lagerlöf

Impressum

Autor: Selma Lagerlöf
Übersetzung: Francis Maro
Umschlagkonzept: toepferschumann, Berlin

Verlag: tradition GmbH, Hamburg
ISBN: 978-3-8472-3616-0
Printed in Germany

Tucholsky Wagner Zola Scott Sydow Freud Schlegel
Turgenev Fonatne
Wallace
Twain Walther von der Vogelweide Fouqué Friedrich II. von Preußen
Weber Freiligrath
Kant Ernst Frey
Fechner Fichte Weiße Rose von Fallersleben Richthofen Frommel
Hölderlin
Fehrs Engels Fielding Eichendorff Tacitus Dumas
Faber Flaubert
Eliasberg Ebner Eschenbach
Feuerbach Maximilian I. von Habsburg Fock Eliot Zweig
Ewald Vergil
Goethe Elisabeth von Österreich London
Mendelssohn Balzac Shakespeare Dostojewski Ganghofer
Lichtenberg Rathenau
Trackl Stevenson Doyle Gjellerup
Mommsen Tolstoi Hambruch
Thoma Lenz Hanrieder Droste-Hülshoff
Dach Verne von Arnim Hägele Hauff Humboldt
Reuter
Karrillon Rousseau Hagen Hauptmann Gautier
Garschin
Damaschke Defoe Hebbel Baudelaire
Descartes
Hegel Kussmaul Herder
Wolfram von Eschenbach Dickens Schopenhauer
Darwin Rilke George
Bronner Melville Grimm Jerome
Campe Horváth Aristoteles Bebel Proust
Bismarck Vigny Barlach Voltaire Federer Herodot
Gengenbach Heine
Storm Casanova Tersteegen Gilm Grillparzer Georgy
Chamberlain Lessing Langbein Gryphius
Brentano Lafontaine
Strachwitz Claudius Schiller Kralik Iffland Sokrates
Katharina II. von Rußland Bellamy Schilling
Gerstäcker Raabe Gibbon Tschechow
Löns Hesse Hoffmann Gogol Wilde Gleim Vulpius
Luther Heym Hofmannsthal Morgenstern
Klee Hölty
Roth Heyse Klopstock Kleist Goedicke
Luxemburg Puschkin Homer
La Roche Horaz Mörike Musil
Machiavelli
Navarra Aurel Musset Kierkegaard Kraft Kraus
Nestroy Marie de France Lamprecht Kind Kirchhoff Hugo Moltke
Laotse Ipsen Liebknecht
Nietzsche Nansen
Marx Lassalle Gorki Klett Ringelnatz
von Ossietzky May Leibniz
vom Stein Lawrence Irving
Petalozzi
Platon Knigge
Sachs Pückler Michelangelo Kock Kafka
Poe Liebermann Korolenko
de Sade Praetorius Mistral Zetkin

Text der Originalausgabe

Selma Lagerlöf

Herrn Arnes Schatz

Herrn Arnes Schatz

Erzählung

von

Selma Lagerlöf

S. Fischer, Verlag, Berlin

Berechtigte Übertragung von
Francis Maro.

Gedruckt während der Kriegszeit auf Papier mit Holzschliffzusatz.

Im Pfarrhof von Solberga

1

Zur Zeit, als König Friedrich der Zweite von Dänemark Bohuslån regierte, wohnte in Marstrand ein armer Fischkrämer, der Torarin hieß. Er war ein schwacher und geringer Mann, sein einer Arm war lahm, so daß er weder zur Fischerei noch zum Rudern taugte. Er konnte seinen Unterhalt nicht auf der See verdienen wie die anderen Inselbewohner, sondern er zog umher und verkaufte gesalzene und getrocknete Fische an die Leute auf dem Festlande. Er war nicht viele Tage des Jahres daheim, er zog ständig von Dorf zu Dorf mit seinem Fischwagen.

An einem Februartage, als die Dämmerung hereinbrach, kam Torarin den Weg gefahren, der von Kunghåll nach dem Kirchspiel Solberga führte. Es war ganz einsam und menschenleer auf dem Wege, aber Torarin brauchte sich darum nicht Schweigen aufzulegen. Er hatte neben sich auf dem Wagen einen verläßlichen Freund, mit dem er Zwiesprach pflegen konnte. Das war ein kleiner schwarzer Hund mit buschigem Fell, den Torarin Grim nannte. Er lag meistenteils still da, den Kopf zwischen die Beine geklemmt, und blinzelte nur zu allem, was sein Herr sagte. Aber wenn er etwas zu hören bekam, was ihm nicht behagte, dann stellte er sich auf dem Wagen auf, streckte die Schnauze in die Luft und heulte ärger als ein Wolf.

»Nun will ich dir erzählen, Grim, mein Hund,« sagte Torarin, »daß ich heute große Neuigkeiten gehört habe. Sowohl in Kunghåll als in Kareby sagten sie mir, daß das Meer zugefroren sei. Es ist nun eine Zeitlang ruhiges, schönes Wetter gewesen, das weißt du ja am besten, der du alle Tags draußen gewesen bist, und das Meer soll nicht nur in den Buchten und Sunden zugefroren sein, sondern weit hinaus ins Kattegatt. Es gibt jetzt zwischen den Schären keinen Weg für Boote und Schiffe, da ist überall nur starkes hartes Eis, und man kann nun mit Schlitten und Pferd bis hinaus nach Marstrand und zur Paternosterschäre fahren.«

Alles dies hörte der Hund, und es schien ihm nicht zu mißfallen. Er lag still da und blinzelte Torarin an.

»Wir haben nicht mehr sonderlich viel Fische hier auf der Fuhre übrig«, sagte Torarin gleichsam überredend. »Was würdest du nun dazu sagen, wenn wir beim nächsten Kreuzweg einbögen und nach Westen zum Meere führen? Wir fahren an der Solberger Kirche vorbei und hinunter nach Ödmalsskil, und dann werden es nicht viel mehr als fünfviertel Meilen Wegs bis Marstrand sein. Es wäre doch eine schöne Sache, einmal heimkommen zu können, ohne Boot oder Fähre zu benutzen.«

Sie fuhren über die lange Karebyer Heide, und obgleich den ganzen Tag ruhiges Wetter gewesen war, kam jetzt ein kalter Lufthauch über die Heide gestrichen und machte die Fahrt unbehaglich.

»Es mag weichlich aussehen, daß wir so mitten in der besten Arbeitszeit heimfahren«, sagte Torarin und schlug der Kälte wegen mit den Armen um sich. »Aber wir sind nun doch viele Wochen unterwegs gewesen, du und ich, und können es gut brauchen, ein paar Tage daheim zu sitzen und die Kälte aus dem Körper auszutreiben.«

Da der Hund noch immer still lag, schien Torarin seiner Sache sicherer zu werden, und er fuhr in zuversichtlicherem Tone fort:

»Nun hat Mutter viele, viele Tage einsam daheim in der Hütte gesessen. Sie sehnt sich wohl danach, uns wiederzusehen. Und in Marstrand geht es nun im Winter hoch her. Straßen und Gäßchen, Grim, sind voll von fremden Fischern und Kaufleuten. In den Hafenkneipen gibt es jeden Abend Tanz. Und das viele Bier, das in den Schenken fließt! Das kannst du dir gar nicht denken.«

Als Torarin dies sagte, beugte er sich zu dem Hunde hinab, um zu sehen, ob er auf das hörte, was er zu ihm sprach.

Aber da der Hund ganz wach dalag und kein Zeichen des Mißvergnügens gab, bog Torarin in den ersten Weg ein, der nach Westen zum Meere führte. Er knallte mit der Peitsche und ließ das Pferd rasch traben.

»Da wir am Solberger Pfarrhof vorbeikommen,« sagte Torarin, »werde ich wohl dort vorsprechen und fragen, ob es sicher ist, daß das Eis bis nach Marstrand trägt. Dort werden sie wohl darüber Bescheid wissen.«

Torarin hatte dies mit leiser Stimme gesagt, ohne daran zu denken, ob der Hund ihn hörte oder nicht. Aber kaum waren die Worte gesprochen, als der Hund sich auf der Fuhre aufstellte und ein entsetzliches Geheul ausstieß.

Das Pferd machte einen Sprung zur Seite, und auch Torarin erschrak und drehte sich um, um zu sehen, ob ihm Wölfe nachjagten. Aber als er merkte, daß Grim es war, der so heulte, versuchte er ihn zu beruhigen.

»Lieber«, sagte er zu ihm, »wie viele Male sind wir, du und ich, im Pfarrhof von Solberga eingekehrt. Ich kann ja nicht sagen, ob Herr Arne weiß, wie es mit dem Eise steht, aber das weiß ich sicher, daß er uns ein gutes Abendbrot vorsetzt, ehe wir unsere Seereise antreten.«

Doch seine Worte vermochten den Hund nicht zu beschwichtigen. Er richtete die Schnauze empor und heulte immer furchtbarer.

Da fehlte nicht viel, daß es Torarin unheimlich zumute geworden wäre. Es war nun beinahe dunkel geworden, aber Torarin konnte doch die Kirche von Solberga sehen und die weite Ebene ringsherum, die nach der Landseite von breiten bewaldeten Höhen geschützt dalag, und von runden nackten Felsenklippen nach dem Meere zu. Wie er da ganz mutterseelenallein über die weite weiße Ebene fuhr, kam er sich wie ein ganz geringes und kleines Gewürm vor, aber von den dunklen Wäldern und den öden Felsenklippen rückten große Ungeheuer und Trolle aller Art an, die sich nach Anbruch der Dunkelheit hinaus ins Land wagten. Und auf der ganzen Ebene gab es sonst niemand, auf den sie sich stürzen konnten, als den armen Torarin.

Aber zu gleicher Zeit suchte er den Hund zu beruhigen.

»Lieber, was hast du gegen Herrn Arne? Er ist der reichste Mann im Lande. Er ist aus hohem Geschlecht, und wäre er nicht Geistlicher, so würde er ein mächtiger Feldherr geworden sein.«

Aber damit konnte er den Hund nicht zum Schweigen bringen. Da riß Torarin die Geduld, so daß er den Hund beim Nackenfell packte und ihn vom Wagen hinunterwarf.

Der Hund lief ihm nicht nach, als er weiter fuhr, sondern blieb auf dem Wege stehen und heulte, bis Torarin durch ein dunkles Tor einfuhr und in den Hof des Pfarrhauses kam, der von vier langen niedrigen Holzbauten eingeschlossen wurde.

2

Im Pfarrhof von Solberga saß der Pfarrer, Herr Arne, und aß sein Abendbrot im Kreise aller seiner Hausgenossen. Es war kein Fremder zugegen außer Torarin.

Der Pfarrer war ein alter, weißhaariger Mann, aber er war doch noch kräftig und hoch. Er hatte seine Gattin neben sich sitzen. Ihr hatten die Jahre übel mitgespielt. Ihr Kopf und ihre Hände zitterten, und sie war beinahe taub. An Herrn Arnes anderer Seite saß der Hilfspfarrer. Er war jung und bleich und hatte ein bekümmertes Aussehen, so, als ob er all die Gelehrsamkeit nicht tragen könne, die er während seines Studienjahres in Wittenberg eingesammelt hatte.

Diese drei saßen zu oberst am Tisch, gleichsam ein wenig für sich. Nach ihnen kam Torarin, und dann die Diener. Diese waren auch alte Leute. Da waren drei Knechte, sie hatten kahle Köpfe, ihre Rücken waren gebeugt, und die Augen zwinkerten und tränten. Der Mägde waren nicht mehr als zwei. Sie waren etwas jünger und rüstiger als die Knechte, aber sie schienen doch ebenfalls hinfällig und voller Altersgebresten.

Am allerweitesten unten am Tisch saßen zwei Kinder. Das eine war Herrn Arnes Enkelin, sie zählte nicht mehr als vierzehn Jahre. Sie war blondhaarig und zartgliederig, das Gesicht war noch nicht recht fertig, aber sie sah aus, als würde sie lieblich werden. Sie hatte ein anderes kleines Jungferchen neben sich. Das war eine arme vater- und mutterlose Waise, die immer im Pfarrhof lebte. Die beiden saßen dicht aneinander geschmiegt auf der Bank, und es hatte den Anschein, als ob große Freundschaft zwischen ihnen herrschte.

Alle diese Leute saßen da und aßen im tiefsten Schweigen. Torarin sah von einem zum andern, aber keiner hatte Lust, während der Mahlzeit zu sprechen. Alle die Alten dachten bei sich: Es ist eine große Sache, sein Essen zu haben und nicht Not leiden oder hungern zu müssen, wie wir es in unserm Leben oftmals mußten. Während wir essen, dürfen wir an nichts andres denken, als daran, Gott für seine Güte zu danken.

Da Torarin niemand hatte, mit dem er reden konnte, wanderten seine Blicke im Zimmer hin und her. Er ließ die Augen von dem großen Ofen, der in vielen Geschossen unten von der Eingangstüre hinaufgemauert war, zu dem großen Himmelbett schweifen, das in der entferntesten Ecke des Zimmers stand. Er blickte von den wandfesten Bänken, die rings um die Stube liefen, hinauf zum Windfang an der Decke, durch den der Rauch hinauszog und die Winterkälte hereinströmte.

Als Torarin, der Fischkrämer, der in der kleinsten und ärmlichsten Hütte der Schären hauste, dies alles sah, dachte er: Wenn ich ein großer Herr wäre wie Herr Arne, dann würde ich mich nicht damit begnügen, in einer uralten Hütte mit einer einzigen Stube zu wohnen. Ich würde mir ein Haus bauen mit Giebeln und vielen Gemächern, so wie der Bürgermeister und die Ratsherren in Marstrand es tun.

Aber am häufigsten heftete Torarin seine Blicke auf eine große Eichentruhe, die zu Füßen des Himmelbettes stand. Er sah sie so oft an, weil er wußte, daß Herr Arne darin all sein Silbergeld verwahrte, und er hatte gehört, es sei so viel, daß es die Truhe bis hinauf zum Rande fülle.

Und Torarin, der so arm war, daß er fast nie einen Silberling in der Tasche hatte, sagte zu sich selber: Ich möchte dieses Geld dennoch nicht haben. Man sagt, Herr Arne habe es aus den großen Klöstern genommen, die früher einmal hier im Lande waren, und die alten Mönche hätten prophezeit, daß dieses Geld ihn ins Unglück stürzen würde.

Als Torarin eben in diesen Gedanken dasaß, sah er, wie die alte Hausmutter die Hand an das Ohr hielt, um besser zu hören. Hierauf wandte sie sich an Herrn Arne und fragte ihn: »Warum schleifen sie Messer auf Branehög?«

Es war eine so tiefe Stille im Zimmer, daß alle zusammenzuckten, als die alte Frau dies fragte, und erschrocken aufblickten. Als sie sahen, daß sie dasaß und auf etwas horchte, hielten sie ihre Milchlöffel still und strengten sich an, etwas zu hören.

Eine Weile war es ganz totenstill in der Stube, aber dabei wurde die alte Frau immer unruhiger und unruhiger. Sie legte die Hand auf Herrn Arnes Arm und fragte ihn: »Ich weiß nicht, warum sie heute abend auf Branehög so lange Messer schleifen?«

Torarin sah, daß Herr Arne ihr über die Hand strich, um sie zu beruhigen. Aber er dachte nicht daran, zu antworten, sondern aß ruhig wie zuvor weiter.

Die alte Frau saß noch immer da und horchte. Vor Angst traten ihr Tränen in die Augen, und ihre Hände und ihr Kopf zitterten immer heftiger.

Da begannen die beiden kleinen Jüngferchen, die am Tischende saßen, vor Angst zu weinen.

»Könnt ihr nicht hören, wie es scharrt und kratzt?« fragte die Alte. »Könnt ihr nicht hören, wie es zischt und knirscht?«

Herr Arne saß still und streichelte seiner Frau die Hand. Solange er schwieg, wagte niemand sonst ein Wort zu äußern.

Aber alle glaubten, daß die alte Hausmutter etwas höre, was entsetzlich und unheilbringend sei. Alle fühlten, wie das Blut in ihren Adern erstarrte. Es saß niemand am Tische, der noch einen Bissen zum Munde führte, außer dem alten Herrn Arne selbst.

Sie dachten daran, daß die alte Hausmutter es war, die durch viele Jahre Sorge für das Haus getragen hatte. Sie war immer daheim auf dem Hofe geblieben und hatte mit Klugheit und Fürsorglichkeit über Kinder und Gesinde, über Hab und Gut und Viehstand gewacht, so daß alles gedieh. Nun war sie abgearbeitet und steinalt, aber es war doch gewiß, daß sie es vor allen anderen merken würde, wenn dem Hofe Gefahr drohte.

Die alte Frau wurde immer ängstlicher und ängstlicher. Sie faltete die Hände, und in ihrer Hilflosigkeit begann sie so bitterlich zu weinen, daß große Tränen über die verschrumpften Wangen rollten.

»Fragst du gar nicht danach, Arne Arneson, daß mir so bange ist?« klagte sie.

Herr Arne beugte sich nun zu ihr hinab und sagte: »Ich weiß nicht, wovor du dich fürchtest.«

»Ich fürchte mich vor den langen Messern, die sie auf Branehög schleifen«, sagte sie.

»Wie kannst du hören, daß sie auf Branehög Messer schleifen?« sagte Herr Arne und lachte. »Der Hof liegt ja eine Viertelmeile Wegs von hier. Nimm nur wieder den Löffel zur Hand und laß uns unser Abendbrot beenden.«

Die Alte versuchte ihr Entsetzen zu unterdrücken. Sie nahm den Löffel und steckte ihn in die Milchschale, aber dabei zitterte ihre Hand so, daß alle hörten, wie der Löffel an den Rand schlug. Sie legte ihn gleich zurück. »Wie kann ich essen?« sagte sie. »Höre ich denn nicht, wie es knirscht? Höre ich denn nicht, wie es feilt?«

Im selben Augenblick schob Herr Arne den Milchnapf von sich und faltete die Hände. Alle andern taten ein gleiches, und der Hilfsgeistliche begann das Tischgebet zu sprechen.

Als dieses beendet war, sah Herr Arne zu denen hinunter, die unten am Tische saßen, und als er merkte, daß sie bleich und erschrocken aussahen, wurde er zornig.

Er fing mit ihnen von den Zeiten zu sprechen an, als er eben nach Bohuslän gekommen war, um die lutherische Lehre zu predigen. Da hatten er und seine Diener vor den Päpstlichen fliehen müssen wie gehetzte wilde Tiere. »Haben wir nicht unsere Feinde im Hinterhalte auf uns lauern sehen, wenn wir in das Haus Gottes zogen? Waren wir nicht aus dem Pfarrhof vertrieben, und haben wir nicht gleich Friedlosen in den Wald ziehen müssen? Steht es uns an, eines bösen Omens wegen den Mut zu verlieren und zu verzweifeln?«

Wie Herr Arne so sprach, sah er aus wie ein Recke, und die andern faßten frischen Mut, als sie ihn hörten. Das ist ja wahr, dachten sie. Gott hat Herrn Arne in den größten Gefahren beschützt. Er hält seine Hand über ihm. Er läßt seinen Diener nicht untergehen.

3

Als Torarin auf die Straße hinausfuhr, kam ihm sein Hund Grim entgegen und sprang auf die Fuhre hinauf. Als Torarin sah, daß der Hund vor dem Pfarrhof gewartet hatte, wurde er aufs neue unruhig. »Lieber, warum stehst du den ganzen Abend hier unterm Tor? Warum gehst du nicht in die Hütte und läßt dir einen Abendimbiß geben?« sagte er zum Hunde. »Kann Herrn Arne etwas Böses bevorstehen? Vielleicht habe ich ihn zum letztenmal gesehen. Aber auch ein Recke wie er muß wohl einmal sterben. Er ist nun wohl an die neunzig Jahre alt.«

Er lenkte das Pferd auf einen Weg, der an dem Hofe Branehög vorbei hinab nach Ödmalsskil führte.

Als er nach Branehög kam, sah er, daß Schlitten auf dem Hofe standen und ein Lichtschein durch die verschlossenen Fensterladen drang.

Da sagte Torarin zu Grim: »Hier sind die Leute noch auf. Ich will hineinfahren und fragen, ob sie heute abend hier im Hause Messer geschliffen haben.«

Er fuhr in den Hof, aber als er die Tür zur Stube öffnete, sah er, daß drinnen ein Gastmahl abgehalten wurde. Auf den Bänken, den Wänden entlang, saßen alte Männer und tranken Bier, und auf der Diele gingen die Jungen umher und spielten und tanzten.

Torarin sah sogleich, daß hier niemand daran dachte, seine Waffen zu blutiger Tat zu bereiten. Er schlug die Tür wieder zu und wollte seiner Wege gehen, aber der Herr des Hauses kam ihm nach. Er bat Torarin zu bleiben, da er nun einmal gekommen sei, und zog ihn mit hinein in die Stube.

Torarin saß eine gute Weile in großem Behagen da und plauderte mit den Bauern. Sie waren sehr aufgeräumt, und Torarin war es zufrieden, sich alle düsteren Gedanken aus dem Sinn zu schlagen.

Aber Torarin war nicht der einzige, der an diesem Abend spät zum Gastmahl kam. Lange nachher traten ein Mann und eine Frau zur Türe herein. Sie waren dürftig gekleidet, und sie blieben verzagt in der Ecke zwischen der Tür und dem Herde stehen.

Der Wirt ging sogleich zu den beiden Gästen hin. Er nahm sie beide bei der Hand und führte sie hinauf in die Stube. Dann sagte er zu den übrigen:»Ist es nicht wahr, was man sagt: die den kürzesten Weg haben, kommen am spätesten ans Ziel? Dies sind meine nächsten Nachbarn. Es gibt keine andern Ansiedler hier in Branehög, als sie und mich.«

»Sage lieber gleich, daß es außer dir keine gibt,« sagte der Mann. »Du kannst mich nicht einen Ansiedler nennen. Ich bin nur ein armer Köhler, den du auf deinem Boden bauen ließest.«

Der Mann setzte sich neben Torarin, und sie begannen miteinander zu sprechen. Der neue Ankömmling erzählte Torarin, warum er so spät zum Gastmahl käme. Das wäre, weil sie daheim in ihrer Hütte einen Besuch gehabt hätten, den sie nicht allein zu lassen wagten. Es seien drei Gerbergesellen, die den ganzen Tag bei ihnen verbracht hätten. Am Morgen, als sie gekommen, seien sie ermattet und krank gewesen. Sie hätten gesagt, sie seien eine ganze Woche im Walde umhergeirrt. Aber nachdem sie gegessen und geschlafen hätten, seien sie bald zu Kräften gekommen, und am Abend hätten sie gefragt, welches Gehöft das reichste und größte in der Gegend sei. Dorthin wollten sie gehen, um Arbeit zu suchen. Die Frau hätte ihnen geantwortet, daß der Pfarrhof, wo Herr Arne wohnte, das ansehnlichste Anwesen sei. Da hatten sie allsogleich aus ihren Ränzeln lange Messer gezogen und angefangen, sie zu schleifen. Dies hätten sie ein gute Weile fortgesetzt, und dabei hätten sie so wild ausgesehen, daß der Köhler und sein Weib nicht gewagt hätten, das Haus zu verlassen. »Ich sehe sie noch vor mir, wie sie dasaßen und mit ihren Messern knirschten,« sagte der Mann. »Sie sahen furchtbar aus, sie hatten große Bärte, die sie so manchen Tag nicht gestutzt oder gepflegt hatten, und sie waren in zottige Fellröcke gekleidet, die zerfetzt und schmutzig waren. Ich glaubte, es seien drei Werwölfe in die Stube gekommen. Ich war froh, als sie sich endlich trollten.«

Als Torarin dies hörte, erzählte er dem Köhler, was er selbst im Pfarrhof mitgemacht hatte.

»Also war es doch wahr, daß sie heute abend in Branehög Messer schliffen,« sagte Torarin und lachte. Er hatte viel getrunken, weil er so traurig und bedrückt auf den Hof gekommen war. Und so hatte er denn versuchen müssen, sich zu trösten, so gut er konnte. »Nun bin ich wieder froh,« sagte er, »da ich jetzt weiß, daß die Pfarrersfrau kein andres Vorzeichen gehört hat als ein paar Gerber, die ihre Werkzeuge in Ordnung brachten.«

4

Lange nach Mitternacht traten ein paar Männer aus der Stube auf Branehög, um ihre Pferde anzuschirren und heimzufahren.

Als sie auf den Hof kamen, sahen sie im Norden eine Feuersbrunst zum Himmel flackern. Sie eilten sogleich in die Stube zurück und riefen:»Steht auf! Steht auf! Der Pfarrhof von Solberga steht in Flammen!«

Es waren viele Leute bei dem Gastmahl, und wer ein Pferd hatte, schwang sich darauf und eilte zum Pfarrhof, aber beinahe ebenso rasch kamen die ans Ziel, die auf ihren eigenen flinken Füßen hinlaufen mußten. Als die Leute zum Pfarrhof kamen, schien da kein Mensch auf zu sein, sondern alle schienen zu schlafen, obgleich das Feuer hoch zum Himmel loderte.

Aber es war keines der Häuser, das brannte, sondern ein großer Haufen Reisig und Stroh und Holz, der an der Wand des alten Pfarrhauses aufgeschichtet war. Er konnte noch nicht lange gebrannt haben. Die Flammen hatten gerade nur das gute Zimmerholz der Wand geschwärzt und den Schnee auf dem Strohdach zum Schmelzen gebracht. Jetzt war jedoch das Stroh des Daches im Begriff anzubrennen. Alle begriffen sogleich, daß dies ein Mordbrand war. Sie fingen zu zweifeln an, ob Herr Arne und seine Hausgenossen wirklich schliefen, oder ob ein Unglück sie getroffen hätte.

Aber bevor die Retter in das Haus drangen, wälzten sie mit langen Stangen den brennenden Scheiterhaufen von der Hauswand fort und kletterten auf das Dach und rissen das Stroh ab, das zu rauchen begonnen hatte und nahe daran war, Feuer zu fangen.

Dann gingen ein paar Männer auf die Haustür zu, um einzutreten und Herrn Arne zu wecken, aber als der, der voranging, zur Schwelle kam, wich er zur Seite und ließ einem den Vortritt, der nach ihm kam.

Dieser machte einen Schritt vorwärts, aber als er die Hand nach dem Türgriff ausstrecken wollte, ging er zurück und machte jenen Platz, die hinter ihm standen.

Es deuchte sie eine grausige Tür, die da zu öffnen war; denn es kam ein breiter Blutstrom unter der Schwelle hervorgerieselt, und der Türgriff war mit Blut besudelt.

Da ging die Tür vor ihnen auf, und Herrn Arnes Hilfsgeistlicher kam heraus. Er taumelte auf die Männer zu, er hatte eine tiefe Wunde im Kopfe und war blutüberströmt. Er stand einen Augenblick aufrecht und reckte seine Hand empor, um Schweigen zu gebieten. Dann sagte er mit röchelnder Stimme:

»In dieser Nacht ist Herr Arne und sein ganzes Haus von drei Männern ermordet worden, die durch den Windfang des Daches hereingeklettert kamen und in zottige Felle gehüllt waren. Sie stürzten sich über uns her wie wilde Tiere und töteten uns.«

Mehr vermochte er nicht zu sagen. Er fiel vor den Füßen der Männer hin und war tot.

Nun traten die Leute in das Haus und fanden alles so, wie der Hilfspfarrer gesagt hatte.

Die große Eichentruhe, in der Herr Arne sein Geld verwahrte, war verschwunden, und Herrn Arnes Pferd war aus dem Stalle genommen und sein Schlitten aus dem Schuppen.

Es führten Schlittenspuren vom Hofe über die Pfarrhofwiesen hinab zum Meere, und ein Dutzend Männer eilte davon, um die Mörder zu greifen. Aber die Frauen mühten sich um die Toten und trugen sie aus der bluttriefenden Stube hinaus in den reinen Schnee.

Da fand man nicht alle von Herrn Arnes Hausgenossen, sondern einer fehlte. Es war die arme Jungfrau, die Herr Arne in sein Haus aufgenommen hatte. Da herrschte große Verwunderung, ob es ihr vielleicht geglückt sei, zu entfliehen, oder ob die Räuber sie mitgenommen hätten.

Aber als sie das ganze Haus genau durchsuchten, fanden sie sie zwischen dem großen Ofen und der Wand versteckt. Sie hatte sich während des Kampfes dort verborgen gehalten und war ganz unversehrt. Aber sie war vom Schrecken so mitgenommen, daß sie nicht Rede noch Antwort stehen konnte.

Auf den Brücken

Die arme Jungfrau, die von dem Blutbade verschont geblieben war, hatte Torarin mit nach Marstrand genommen. Er hatte ein so großes Mitleid für sie gefaßt, daß er ihr angeboten hatte, in seiner engen Hütte zu wohnen und Speise und Trank mit ihm und seiner Mutter zu teilen. Dies ist das einzige, was ich für Herrn Arne tun kann, dachte Torarin, zum Lohne für alle die vielen Male, wo er mir meine Fische abgekauft hat und mich an seinem Tisch essen ließ.

So arm und gering ich auch bin, dachte Torarin, ist es doch besser für die Jungfrau, daß sie mit mir in die Stadt kommt, als wenn sie hier bei den Bauern bleibt. In Marstrand gibt es viele reiche Bürger, und die Jungfrau wird vielleicht bei einem von ihnen einen Dienst finden und so ihr gutes Auskommen haben.

In den ersten Tagen, nachdem die Jungfrau zur Stadt gekommen war, saß sie da und weinte vom Morgen bis zum Abend. Sie jammerte über Herrn Arne und sein Haus, und sie klagte, weil sie alle verloren hatte, die ihr nahe standen. Am meisten jedoch wehklagte sie über ihre Milchschwester und sagte, sie wünschte, sie hätte sich nicht an der Mauer versteckt, so daß sie ihr in den Tod hätte folgen können.

Torarins Mutter sagte nichts dazu, solange der Sohn daheim war. Aber als er wieder seine Fahrt angetreten hatte, sagte sie eines Morgens zu der Jungfrau:

»Ich bin nicht so reich, Elsalill, daß ich dir Nahrung und Kleidung geben kann, damit du hier mit den Händen im Schoße sitzest und deinen Kummer hütest. Komm du mit mir hinunter auf die Brücken und lerne Fische reinigen!«

Da ging Elsalill mit ihr hinunter auf die Brücken und stand den ganzen Tag unter den anderen Fischerinnen und arbeitete.

Aber die meisten Frauen auf den Brücken waren jung und frohgemut. Sie begannen mit Elsalill zu sprechen und fragten sie, warum sie so traurig und stumm sei.

Da begann Elsalill ihnen zu erzählen, was für ein Abenteuer ihr vor nicht mehr als drei Nächten widerfahren war. Sie erzählte von den drei Räubern, die durch den Windfang des Daches in die Stube gedrungen waren und alle gemordet hatten, die ihr im Leben nahestanden.

Als Elsalill dies erzählte, fiel ein schwarzer Schatten auf den Tisch, an dem sie stand und arbeitete. Und als sie aufsah, standen vor ihr drei vornehme Herren, die breite Hüte mit großen Federn trugen und Samtkleider mit großen Puffen, die mit Seide und Gold bestickt waren.

Einer von ihnen schien der vornehmste zu sein. Er war sehr bleich, sein Bart war geschoren, und die Augen lagen tief in ihren Höhlen. Es hatte den Anschein, als sei er jüngst krank gewesen. Aber sonst sah er aus wie ein fröhlicher, kühner Kavalier, der auf den besonnten Brücken umherginge, um die Leute seine schönen Kleider und sein schönes Gesicht sehen zu lassen.

Elsalill hielt mit der Arbeit und mit der Erzählung inne. Sie stand mit offenem Munde und aufgerissenen Augen da und betrachtete ihn. Und er lächelte ihr zu.

»Wir sind nicht hergekommen, um dich zu erschrecken, Jungfrau«, sagte er, »und wir bitten dich, daß du auch uns gestattest, deiner Erzählung zu lauschen.«

Die arme Elsalill, niemals in ihrem ganzen Leben hatte sie einen solchen Mann gesehen. Sie vermeinte, vor ihm nicht sprechen zu können. Sie schwieg nur und sah hinunter auf ihre Arbeit.

Da begann der Fremde noch einmal: »Sei doch nicht bange, Jungfrau. Wir sind Schotten, die wohl an die zehn Jahre in den Diensten des Königs Johann von Schweden gestanden haben, aber jetzt haben wir Urlaub und wollen heimreisen. Wir sind nach Marstrand gekommen, um eine Fahrgelegenheit nach Schottland hinüber zu finden, aber als wir herkamen, lagen alle Sunde und Fjorde gefroren, und hier müssen wir nun bleiben und warten. Wir haben keinerlei Beschäftigung, und darum schlendern wir über die Brücken, um Leute zu treffen. Wir wären froh, Jungfrau, wenn du uns deine Geschichte hören ließest.«

Elsalill begriff, daß er so lange sprach, um ihr Zeit zu geben, ihre Fassung wiederzuerlangen. Endlich dachte sie bei sich selber: Du mußt doch wohl zeigen, daß du nicht zu gering bist, um mit einem hohen Herrn zu sprechen, Elsalill! Du bist doch eine Jungfrau von guter Geburt, und keine Fischerdirne!

»Ich sprach nur von dem großen Blutbad im Pfarrhof von Solberga,« sagte Elsalill. »Es sind ihrer so viele, die davon zu erzählen wissen.«

»Ja,« sagte der Fremde, »aber ich wußte bis jetzt nicht, daß jemand von Herrn Arnes Leuten mit dem Leben davongekommen ist.«

Da erzählte Elsalill noch einmal von dem Eindringen der wilden Räuber. Sie erzählte, wie die alten Knechte sich um Herrn Arne geschart hatten, um ihn zu schützen, und wie Herr Arne selbst sein Schwert von der Wand gerissen hatte und auf die Räuber eingedrungen war, die aber hatten sie alle besiegt. Und die alte Pfarrersfrau hatte das Schwert ihres Mannes aufgehoben und war auf die Räuber losgegangen, aber sie hatten sie nur ausgelacht und sie mit einem Holzscheit zu Boden geschlagen. Und alle die anderen Frauen hatten sich auf die Ofenmauer verkrochen, aber als die Männer tot waren, kamen die Mörder und rissen sie herunter und töteten sie. »Die letzte, die sie töteten,« sagte Elsalill, »war meine liebe Pflegeschwester. Sie bat so flehentlich um ihr Leben, und zwei von ihnen wollten es ihr schenken, aber der dritte sagte, alle müßten sterben, und stach ihr sein Messer ins Herz.«

Solange Elsalill von Mord und Blut sprach, standen die drei Männer vor ihr still. Sie tauschten keinen Blick miteinander, aber ihre Ohren wurden gleichsam lang vom Horchen, und ihre Augen funkelten, und zuweilen öffneten sich ihre Lippen, so daß die Zahnreihen hervorleuchteten.

Elsalill stand da, die Augen voll Tränen, nicht ein einziges Mal sah sie auf, während sie sprach. Sie sah nicht, daß der Mann vor ihr Augen und Zähne hatte wie ein Wolf. Erst als sie zu Ende gesprochen hatte, trocknete sie ihre Tränen und sah zu ihm auf.

Doch als er Elsalills Augen begegnete, veränderte sich sein Gesicht allsogleich.

»Da du die Mörder so gut gesehen hast, Jungfrau,« sagte er, »hättest du sie wohl sogleich wiedererkannt, wenn du ihnen begegnet wärest?«

»Hab ich sie doch nicht anders gesehen als beim Schein der Kienspäne, die sie aus dem Herde rissen, um sich beim Morden zu leuchten,« sagte Elsalill, »aber dennoch würde ich sie mit Gottes Hilfe wohl wiedererkennen. Und ich bete alle Tage zu Gott, daß ich ihnen begegnen möchte.«

»Was meinst du damit, Jungfrau?« fragte der Fremde. »Es ist doch wahr, daß die mörderischen Wanderer tot sind?«

»Ja, das weiß ich wohl,« sagte Elsalill. »Die Bauern, die ihnen nachjagten, verfolgten ihre Spuren vom Pfarrhof bis zu einer Wake im Eise. Bis dorthin sahen sie auf dem blanken Eisspiegel Spuren von Schlittenkufen, Spuren von Pferdehufen, Fußstapfen von Menschen, die harte, eisenbeschlagene Schuhe getragen hatten. Aber von der Wake führten keine Spuren weiter über das Eis, und darum glaubten die Bauern, daß alle tot wären.«

»Glaubst du, Elsalill, denn nicht, daß sie tot sind?« fragte der Fremde.

»Doch, ich glaube wohl, daß sie ertrunken sind,« sagte Elsalill, »und dennoch bete ich jeden Tag zu Gott, daß sie entronnen sein möchten. Ich spreche so zu Gott: Laß es so sein, daß sie nur mit Pferd und Schlitten in die Wake gefahren, daß sie selbst aber davongekommen sein möchten.«

»Warum wolltest du das, Elsalill?« fragte der Fremde.

Das zarte Mägdlein Elsalill warf den Kopf zurück, und ihre Augen leuchteten: »Ich wollte wohl, daß sie lebten, damit ich sie ausfindig machen und greifen könnte. Ich wollte, daß sie lebten, damit ich ihnen das Herz aus der Brust reißen könnte. Ich wollte, daß sie lebten, damit ich ihren Leib in vier Teile zerstückelt auf das Rad geflochten sähe.«

»Wie wolltest du dies alles bewerkstelligen?« sagte der Fremde. »Du bist ja nur so ein schwaches, kleines Jungfräulein.«

»Wenn sie lebten,« sagte Elsalill, »dann würde ich sie schon der Strafe zuführen. Lieber wollte ich selbst in den Tod gehen, als sie entrinnen lassen. Sie mögen wohl stark und gewaltig sein, das weiß ich, aber mir würden sie nicht entrinnen können.«

Da lächelte der Fremde, aber Elsalill stampfte mit dem Fuße.

»Wenn sie lebten, dann würde ich dessen wohl eingedenk sein, daß sie mir mein Heim genommen haben, so daß ich jetzt eine arme Dirne bin, die auf der kalten Brücke stehen und Fische schuppen muß. Ich würde daran denken, daß sie alle getötet haben, die mir nahe standen. Und besonders würde ich mich des Mannes erinnern, der meine Milchschwester von der Mauer herunterzerrte und sie mordete, die mir so hold gesinnt war.«

Aber als die kleine zarte Jungfrau so großen Zorn zeigte, da begannen die drei schottischen Kriegsleute zu lachen. Sie waren so lachlustig, daß sie ihrer Wege gingen, damit Elsalill keinen Anstoß daran nähme. Sie gingen über den Hafen ein enges Gäßchen hinauf, das zum Marktplatz führte. Aber noch lange, nachdem sie verschwunden waren, hörte Elsalill, wie sie aus vollem Halse lachten, höhnisch und gellend.

Die Ausgesandte

Acht Tage nach seinem Tode wurde Herr Arne in der Kirche von Solberga beigesetzt, und an demselben Tage wurde auf dem Thingplatze von Branehög Untersuchung über den Mord gehalten.

Aber Herr Arne war ein wohlbekannter Mann in Bohuslän gewesen, und an seinem Begräbnistage kamen so viele Menschen, vom Festlande wie von den Schären, zusammen, daß es war, wie wenn ein Kriegsheer sich um seinen Anführer sammelt. Und über die Felder zwischen der Kirche von Solberga und Branehög wanderten so viele Leute, daß es am Abend keinen Zollbreit Schnee gab, der nicht von Menschen niedergetreten war.

Doch spät nachts, als alle diese Leute ihrer Wege gezogen waren, kam Torarin, der Fischkrämer, den Weg von Branehög herauf nach Solberga gefahren.

Torarin hatte im Laufe des Tages mit vielen Menschen gesprochen. Wieder und wieder hatte er von Herrn Arnes Tod erzählt. Er war auch auf dem Thingplatze wohl verpflegt worden und hatte so manchen Bierkrug leeren müssen, mit Wanderern, die von weither kamen.

Torarin fühlte sich schwer und träge, er hatte sich auf seiner Fuhre niedergelegt. Er war betrübt, daß Herr Arne dahingegangen war, und als er in die Nähe des Pfarrhofs kam, begannen ihn noch schwerere Gedanken zu quälen. »Grim, mein Hund,« sagte er, »wenn ich an dieses Vorzeichen mit den Messern geglaubt hätte, hätte ich das ganze Unheil abwehren können. Ich denke oft daran, Grim, mein Hund. Mir ist so ängstlich zumute, ganz, als hätte ich selbst mit dazu geholfen, Herrn Arne aus der Welt zu schaffen. Merke nun wohl, was ich sage: wenn ich das nächste Mal so etwas höre, werde ich es glauben und mich danach richten.«

Aber während Torarin auf dem Wagen lag und mit halbgeschlossenen Augen vor sich hindämmerte, ging sein Pferd, wie es ihm gefiel, und als es zum Pfarrhof von Solberga kam, da trabte es aus alter Gewohnheit in den Hof und ging bis zur Stalltüre. Torarin wußte von nichts. Erst als das Pferd stehen blieb, richtete er sich auf und sah sich um. Er schauderte zusammen, als er sah, daß er sich auf dem Hofe eines Hauses befand, wo erst vor einer Woche so viele Menschen ermordet worden waren.

Er griff sogleich nach den Zügeln. Er wollte das Pferd umdrehen und wieder auf den Weg hinausfahren, aber in demselben Augenblick klopfte ihm jemand auf die Schulter, und er sah sich um. Da stand neben ihm der alte Olof, der Pferdeknecht, der im Pfarrhofe gedient hatte, solange Torarin überhaupt zurückdenken konnte.

»Hast du es so eilig, heut nacht vom Hofe wegzufahren, Torarin?« sagte der Alte. »Komm doch lieber ins Haus hinein! Herr Arne sitzt da und wartet auf dich.«

Torarin gingen tausend Gedanken durch den Kopf. Er wußte nicht, ob er träumte oder wachte. Olof, den Pferdeknecht, den er frisch und lebend vor sich stehen sah, hatte er vor einer Woche tot neben den anderen liegen sehen, mit einer großen Wunde im Halse.

Torarin faßte die Zügel fester. Es deuchte ihn das beste, rasch fortzukommen. Aber die Hand Olofs, des Pferdeknechts, lag noch auf seiner Schulter, und der Alte fuhr fort, in ihn zu dringen.

Torarin grübelte hin und her, um eine Ausflucht zu finden. »Es lag mir nicht im Sinn, Herrn Arne zu so später Stunde zu stören,« sagte er. »Das Pferd ist hergetrabt, ohne daß ich davon wußte. Ich will jetzt weiterfahren und mir eine Herberge für die Nacht suchen. Wenn Herr Arne mich sprechen will, kann ich wohl morgen wiederkommen.«

Damit beugte Torarin sich vor und schlug mit der Peitsche nach dem Pferde, damit es sich in Bewegung setze.

Allein im selben Augenblick stand der Pfarrknecht vorne beim Kopf des Pferdes, faßte es am Zaumzeug und zwang es, still zu stehen. »Sei nicht halsstarrig, Torarin,« sagte der Knecht. »Herr Arne ist noch nicht zu Bett gegangen, er sitzt da und wartet auf dich. Und du mußt doch wissen, daß du hier ein ebenso gutes Nachtquartier finden kannst, wie auf irgendeinem anderen Hof im Kirchspiel.«

Da wollte Torarin antworten, daß er sich nicht damit begnügen könne, in einem Hause ohne Dach zu wohnen. Aber bevor er etwas sagte, warf er einen Blick auf das Wohngebäude. Da sah er das alte

Dach ebenso wohlbehalten und ansehnlich wie vor dem Brande dastehen. Und doch hatte Torarin noch an demselben Morgen den nackten Dachstuhl in die Luft ragen sehen.

Er schaute und schaute und rieb sich die Augen, aber das Pfarrhaus stand ganz gewiß unversehrt da, mit Stroh und Schnee auf dem Dache. Durch den Windfang sah er Rauch und Funken aufflattern. Und durch die wohlverschlossenen Fensterladen sah er den Lichtschein hinaus auf den Schnee fallen.

Wer weit auf der kalten Landstraße umherzieht, weiß sich keinen traulicheren Anblick als den Lichtschein, der aus einer warmen Stube dringt. Aber Torarin wurde nur noch erschrockener, als er vorher gewesen war. Er peitschte das Pferd, so daß es sich bäumte und ausschlug. Aber nicht um einen Schritt brachte er es von der Stalltüre fort.

»Komm du nur mit herein, Torarin,« sagte der Stallknecht. »Ich dachte, du wolltest doch in dieser Sache nichts mehr zu bereuen haben.«

Nun kam es Torarin wieder in den Sinn, was er sich auf dem Wege gelobt hatte. Und während er eben noch mit hocherhobener Peitsche auf dem Wagen gestanden hatte, wurde er mit einem Male zahm wie ein Lamm.

»Gut, Olof, hier bin ich also!« sagte er und sprang von der Fuhre herunter. »Es ist wahr, daß ich in dieser Sache nichts zu bereuen haben will. Führe mich jetzt hinein zu Herrn Arne!«

Aber die schwersten Schritte, die Torarin je gegangen war, waren die, die er über den Hof zum Hause hin machte.

Als die Tür aufging, schloß Torarin die Augen, um nicht in die Stube sehen zu müssen. Aber er suchte sich Mut zu machen, indem er an Herrn Arne dachte.

»Er hat dir so manche gute Mahlzeit gegeben. Er hat deine Fische gekauft, wenn auch seine eigene Vorratskammer voll war. Er ist dir immer im Leben wohlgesinnt gewesen, und sicherlich will er dir auch nach seinem Tode nicht schaden. Vielleicht will er einen Dienst von dir verlangen. Du darfst nicht vergessen, Torarin, daß man Dankbarkeit zeigen muß, auch gegen die Toten.«

Torarin schlug die Augen auf und sah in die Stube. Da sah er den großen Raum, ganz wie er ihn immer gesehen hatte. Er erkannte den hohen gemauerten Ofen wieder und die gewebten Tücher, die die Wände bekleideten. Aber er schaute viele Male von Wand zu Wand und vom Boden zur Decke, bevor er sich ein Herz faßte und zu dem Tische und der Bank hinsah, wo Herr Arne immer gesessen hatte.

Aber endlich blickte er auch dorthin, und da sah er Herrn Arne selbst leibhaftig am Tische sitzen mit seiner Gattin und dem Hilfspastor zur Rechten und zur Linken, so wie er ihn vor acht Tagen gesehen hatte. Er schien eben seine Mahlzeit beendet zu haben, er hatte den Teller zurückgeschoben, und der Löffel lag vor ihm auf dem Tisch. Alle die alten Diener und Dienerinnen saßen am Tische, aber nur eine von den jungen Jungfrauen.

Torarin stand lange unten an der Tür und betrachtete die, die am Tische saßen. Sie sahen alle ängstlich und betrübt aus, und auch Herr Arne saß schwermütig da wie die anderen und stützte das Haupt in die Hand.

Endlich sah Torarin, daß Herr Arne den Kopf erhob.

»Bringst du jemand Fremdes mit in die Stube, Pferdeknecht Olof?«

»Ja,« antwortete der Knecht, »es ist Torarin, der Fischkrämer, der heute auf dem Thing in Branehög gewesen ist.«

Da schien Herr Arne fröhlicher auszusehen, und Torarin hörte ihn sagen: »Tritt näher, Torarin, und laß uns die Neuigkeiten vom Thing hören! Hier habe ich jetzt die halbe Nacht gesessen und auf dich gewartet!«

Das alles klang so wirklich und natürlich, daß Torarin anfing, sich immer beherzter zu fühlen. Er ging ganz mutig durch die Stube, auf Herrn Arne zu. Er fragte sich, ob es nicht ein böser Traum gewesen, daß Herr Arne ermordet sei, und ob er nicht in Wahrheit lebte.

Aber während Torarin durch die Stube ging, warf er aus alter Gewohnheit einen Blick auf das Himmelbett, neben dem die große Geldtruhe zu stehen pflegte. Aber die eisenbeschlagene Truhe stand nicht mehr auf ihrem Platz, und als Torarin dies sah, durchlief ihn wieder ein Gruseln.

»Nun, Torarin, sage uns, wie es heute auf dem Thing abgelaufen ist,« hub Herr Arne an.

Torarin suchte zu tun, wie ihm geheißen war, und erzählte vom Thing und von der Untersuchung, aber er konnte weder seiner Lippen noch seiner Zunge Herr werden, sondern sprach schlecht und stammelnd.

Herr Arne unterbrach ihn auch sogleich: »Sag mir nur das Wichtigste, Torarin. Sind unsere Mörder gefunden und bestraft worden?«

»Nein, Herr Arne,« erkühnte sich da Torarin zu antworten. »Eure Mörder liegen auf dem Grunde des Hakefjords. Wie wollt ihr, daß jemand Rache an ihnen nehme?«

Als Torarin diese Antwort gab, schien in Herrn Arne wieder seine alte Laune zu fahren, und er schlug mit der Hand hart auf den Tisch. »Was sagst du da, Torarin? Der Amtmann auf Bohus wäre mit seinen Beiständen und Schreibern hier gewesen und hätte Thing gehalten, und da hätte ihm niemand sagen können, wo er meine Mörder finden soll?«

»Nein, Herr Arne,« antwortete Torarin, »das kann ihm niemand unter den Lebenden sagen.«

Herr Arne saß eine Weile mit gerunzelter Stirn und blickte düster vor sich hin. Dann wandte er sich noch einmal an Torarin.

»Ich weiß, daß du mir ergeben bist, Torarin. Kannst du mir sagen, wie ich Rache nehmen soll an meinen Mördern?«

»Ich kann es wohl verstehen, Herr Arne,« sagte Torarin, »daß Ihr wünschet, Euch an jenen zu rächen, die Euch so unsanft des Lebens beraubt haben. Aber es gibt niemand unter uns, die wir auf Gottes grüner Erde wandeln, der Euch da behilflich sein könnte.«

Als Herr Arne diese Antwort erhalten hatte, versank er in tiefes Grübeln.

Und es entstand ein langes Stillschweigen. Nach einer Weile wagte Torarin sich mit einer Bitte hervor.

»Ich habe nun Euern Wunsch erfüllt, Herr Arne, und Euch gesagt, wie es auf dem Thing abgelaufen ist. Habt Ihr mich noch etwas zu fragen, oder wollt Ihr mich jetzt ziehen lassen?«

»Du sollst nicht gehen, Torarin,« sagte Herr Arne, »ehe du mir nicht noch einmal geantwortet hast, ob keiner der Lebenden uns rächen kann.«

»Nicht, wenn alle Männer aus Bohuslän und Norwegen zusammenkämen, um Rache an Euern Mördern zu nehmen, würden sie imstande sein, sie zu finden,« sagte Torarin.

Da sprach Herr Arne:

»Wenn die Lebenden uns nicht helfen können, müssen wir uns selber helfen.«

Damit begann Herr Arne mit lauter Stimme ein Vaterunser zu beten, aber nicht auf norwegisch, sondern auf lateinisch, wie es vor seiner Zeit im Lande Brauch gewesen war. Und bei jedem Wort des Gebetes, das er aussprach, wies er mit dem Finger auf einen von denen, die mit ihm am Tische saßen. Er ging sie auf diese Weise mehrere Male durch, bis er zum Amen kam. Aber als er dieses Wort sagte, streckte er den Finger gegen das junge Jüngferchen aus, das seine Enkelin war.

Die junge Jungfrau erhob sich allsogleich von der Bank, und Herr Arne sagte zu ihr: »Du weißt, was du zu tun hast.«

Da klagte die junge Jungfrau gar sehr und sagte: »Sende mich nicht mit diesem Auftrag aus. Das ist ein zu schweres Beginnen für eine so schwache Jungfrau wie mich.«

»Ganz gewiß sollst du gehen,« sagte Herr Arne. »Es ist nur billig, daß du gehst, denn du hast am meisten zu rächen. Niemandem von uns sind so viele Jahre des Lebens geraubt worden wie dir, die die Jüngste unter uns ist.«

»Ich begehre nicht nach Rache an irgendeinem Menschen,« sagte die Jungfrau.

»Du sollst allsogleich gehen,« sagte Herr Arne, »und du wirst nicht allein stehen. Du weißt, daß es unter den Lebenden zwei gibt, die vor acht Tagen hier mit uns an diesem Tische saßen.«

Aber als Torarin Herrn Arne dieses sagen hörte, glaubte er zu verstehen, daß Herr Arne ihn ausersähe, gegen Missetäter und Mörder zu kämpfen, und er rief:

»Um Gottes Barmherzigkeit willen beschwöre ich Euch, Herr Arne -- -- --«

Im selben Augenblick deuchte es Torarin, daß Herr Arne und der Pfarrhof in einem Nebel verschwänden, und er selbst sank tief hinab, als fiele er von einer schwindelnden Höhe, und damit verlor er das Bewußtsein.

Als er wieder zum Leben erwachte, begann der Morgen zu dämmern. Da sah er, daß er im Hofe des Solberger Pfarrhauses auf dem Boden lag. Das Pferd mit dem beladenen Wagen stand neben ihm, und Grim bellte und heulte über ihm.

»Es war alles nur ein Traum,« sagte Torarin, »nun sehe ich es ein. Der Hof ist öde und zerstört. Ich habe weder Herrn Arne gesehen noch irgendeinen anderen. Aber ich habe mich im Traume so erschreckt, daß ich vom Wagen heruntergestürzt bin.«

Im Mondenschein

Als vierzehn Tage seit Herrn Arnes Tode verstrichen waren, kamen ein paar Nächte mit starkem, klarem Mondschein. Und eines Abends war Torarin unterwegs und fuhr durch den Mondschein. Einmal ums andere hielt er das Pferd an, als fiele es ihm schwer, den Weg zu finden. Und er fuhr doch durch keinen irrsamen Wald, sondern über etwas, was wie eine offene Ebene aussah, worauf sich steinige Hügel in Mengen erhoben.

Die ganze Gegend war von weißem, schimmerndem Schnee bedeckt. Er war bei gutem Wetter still und gleichmäßig gefallen, er lag nicht in Haufen oder Wirbeln. So weit das Auge reichte, gab es nichts anderes als die gleiche glatte Ebene und die gleichen steinigen Hügel.

»Grim, mein Hund,« sagte Torarin, »wenn wir dies heute abend zum ersten Male sähen, dann würden wir wohl glauben, daß wir über eine große Heide zögen. Aber wir würden uns wohl darüber verwundern, daß der Boden so eben ist und der Weg ohne Steine oder Gruben. Was ist dies für eine Gegend, würden wir sagen, wo es weder Gräben noch Zäune gibt, und wie kommt es, daß kein Strauch und kein Hälmchen aus dem Schnee hervorguckt? Und warum sehen wir keine Flüsse oder Bächlein, die doch sonst selbst in der strengsten Kälte ihre schwarzen Furchen durch die weißen Felder ziehen?«

Torarin ergötzte sich sehr an diesen Gedanken, und auch Grim fand Gefallen an ihnen. Er regte sich nicht von seinem Platze auf der Wagenladung, sondern lag still und blinzelte.

Aber gerade als Torarin seine Rede geschlossen hatte, fuhr er an einer hohen Stange vorbei, an der ein Büschel festgebunden war.

»Wenn wir hier fremd wären, Grim, mein Hund,« sagte Torarin, »dann würden wir uns wohl fragen, was dies für eine Heide sei, wo sie dieselben Zeichen aufstellen, wie man sie auf dem Meere benutzt. Dies kann doch wohl nicht das Meer selber sein, würden wir schließlich sagen. Aber das würde uns wohl ganz unmöglich vorkommen. Was so stetig und sicher daliegt, sollte das bloßes Wasser sein? Und alle diese Felsenhügel, die da so fest vereint ruhen, sollten es nur Inseln und Schären sein, die durch wallende Wellen geschieden wären? Nein, wir könnten es nicht glauben, daß dieses möglich sei, Grim, mein Hund.«

Torarin lachte, und Grim lag noch immer still und regungslos. Torarin fuhr weiter, bis er um einen hohen Felsenhügel bog. Da stieß er einen Ausruf aus, als hätte er etwas Merkwürdiges gesehen. Er tat sehr erstaunt, zog die Zügel an und schlug die Hände zusammen.

»Grim, mein Hund, und du wolltest nicht glauben, daß dies das Meer sei! Jetzt siehst du doch, was es ist. Richte dich auf, dann wirst du sehen, daß hier vor uns ein großes Fahrzeug liegt. Du wolltest das Seezeichen nicht kennen, aber hierin kannst du dich nicht täuschen. Jetzt kannst du wohl nicht mehr leugnen, daß es das Meer selbst ist, worüber wir ziehen.«

Torarin blieb noch eine Weile stehen und betrachtete ein großes Fahrzeug, das im Eise eingefroren war. Es sah ganz verirrt aus, wie es da mit der glatten weißen Schneedecke um sich herum dalag.

Aber als Torarin sah, daß ein schwacher Rauch aus dem Hinterteil des Fahrzeugs aufstieg, fuhr er hin und rief den Schiffer an, um zu hören, ob er ihm Fische abkaufen wolle. Er hatte nur noch ein paar Dorsche auf dem Grunde seines Wagens, da er im Laufe des Tages zu all den Schuten gefahren war, die in den Schären eingefroren lagen, und ihnen Fische verkauft hatte.

Da an Bord saß der Schiffer mit seinen Leuten in trübseligster Laune. Sie kauften dem Handelsmann Fische ab, nicht weil sie sie gebraucht hätten, sondern um jemanden zu haben, mit dem sie sprechen konnten.

Als sie zu Torarin hinunter aufs Eis kamen, steckte dieser eine unschuldige Miene auf.

Er begann mit ihnen vom Wetter zu sprechen. »Seit Menschengedenken hat es kein so schönes Wetter gegeben wie heuer,« sagte Torarin. »Seit beinahe drei Wochen haben wir jetzt ruhige Luft und strenge Kälte. Das ist anders, als wir es sonst in den Schären gewohnt sind.«

Aber der Schiffer, der mit seiner großen Galeasse voll Herings-
tonnen dalag und in einer Bucht nahe bei Marstrand eingefroren
war, gerade als er sich anschicken wollte, ins Meer hinaus zu steu-
ern, sah Torarin ingrimmig an und antwortete:

»Ja so, das nennst du schönes Wetter?«

»Wie sollte ich es sonst nennen?« sagte Torarin. Er sah unschul-
dig aus wie ein Kind. »Der Himmel ist klar und ruhig und blau,
und die Nacht ist genau so schön wie der Tag. Nie zuvor habe ich
erlebt, daß ich so Woche für Woche auf dem Eise umherfahren
konnte. Das Meer friert hier draußen nicht so häufig zu, und wenn
es einmal einen Winter vereist war, so kam immer gleich ein Sturm
und riß es in wenigen Stunden wieder auf.«

Der Schiffer stand finster und verdüstert da; er antwortete gar
nicht auf Torarins Geschwätz. Da begann Torarin zu fragen, warum
er sich nicht nach Marstrand hinein begebe. »Es ist ja eine Wanderung von nicht mehr als einer Stunde über das Eis,« sagte Torarin.

Darauf erhielt er auch keine Antwort. Torarin begriff, daß der
Mann die Galeasse keinen Augenblick verlassen wollte, aus Furcht,
nicht zur Stelle zu sein, wenn das Eis bräche. Selten habe ich jemanden mit so sehnsuchtskranken Augen gesehen, dachte Torarin.

Aber der Schiffer, der nun Tag für Tag zwischen den Schären eingeschlossen dagesessen hatte, ohne sein Segel hissen und ins Meer
hinaussteuern zu können, hatte inzwischen mancherlei Gedanken
gedacht, und er sagte zu Torarin:

»Du, der überall herumzieht und von allem reden hört, was sich
zuträgt, weißt du, warum Gott dieses Jahr die Wege ins Meer hinaus so lange verschließt und uns alle in Gefangenschaft hält?«

Als er dies sagte, hörte Torarin zu lächeln auf, aber er stellte sich
unwissend und sagte: »Jetzt weiß ich nicht, wie du dies meinst.«

»Je nun,« sagte der Schiffer, »ich lag einmal einen ganzen Monat
im Hafen von Bergen, und es blies alle Tage Gegenwind, so daß
kein Schiff in See stechen konnte. Aber an Bord eines der Schiffe, die
im Hafen eingeschlossen waren, war ein Mann, der in Kirchen ge-
stohlen hatte, und er wäre entkommen, wenn der Sturm nicht ge-
wütet hätte. Nun gelang es ihnen, auszukundschaften, wo er sich

befand, und sobald er ans Land gebracht war, kam sogleich schönes Wetter und guter Wind. Verstehst du nun, was ich meine, wenn ich frage, ob du weißt, warum Gott die Pforten des Meeres verschlossen hält?«

Torarin stand nun eine Weile schweigend da. Es sah aus, als hätte er nicht übel Lust, mit ernsten Worten zu entgegnen. Aber er schlug es sich aus dem Sinn und sagte: »Du wirst ganz kopfhängerisch davon, daß du hier zwischen den Schären eingeschlossen dasitzest. Warum begibst du dich nicht nach Marstrand? Ich kann dir sagen, da wird ein fröhliches Leben geführt. Da gehen Hunderte von Fremden umher, die nichts zu tun haben, als zu tanzen und zu trinken.«

»Warum geht es denn dort so fröhlich zu?« fragte der Schiffer.

»Ach,« sagte Torarin, »dort sind Seeleute, deren Schiffe eingefroren sind wie das deine. Da sind auch eine Menge Fischer, die eben ihren Heringsfang beendigt hatten, als sie durch das Eis verhindert wurden, heimzufahren. Und da gehen vielleicht hundert schottische Söldlinge umher, die von ihrem Kriegsdienst beurlaubt sind und hier auf die Gelegenheit warten, heimzufahren nach Schottland. Glaubst du, daß alle diese die Köpfe hängen ließen und die Gelegenheit verabsäumten, sich frohe Tage zu machen?«

»Ja, es mag wohl sein, daß die Leute sich vergnügen können, aber mir ist es nun einmal am liebsten, hier zu warten,« sagte der Schiffer.

Torarin warf einen raschen Blick auf ihn. Der Schiffer war ein großer, magerer Mann. Seine Augen waren hell und wasserklar, mit schwermütigem Blick. Diesen Mann kann ich nicht froh machen, und ein anderer auch nicht, dachte Torarin.

Noch einmal begann der Schiffer aus freien Stücken mit ihm zu sprechen. »Diese schottischen Krieger,« sagte er, »sind das ordentliche Leute?«

»Sollst du sie am Ende nach Schottland hinüberführen?« sagte Torarin.

»Ja,« sagte der Schiffer, »ich habe eine Ladung nach Edinburg, und einer von ihnen ist eben hier bei mir gewesen und hat mich gebeten, sie mitzunehmen. Aber ich liebe es nicht, mit solchen wilden Gesellen an Bord zu segeln, und ich habe ihn um Bedenkzeit gebeten. Hast du etwas über sie gehört? Glaubst du, daß ich es wagen kann, sie aufzunehmen?«

»Ich habe nichts anderes von ihnen gehört, als daß sie tapfere Leute sein sollen. Sicherlich kannst du sie mitnehmen.«

Aber in demselben Augenblick, wo Torarin dies sagte, richtete sich sein Hund auf dem Wagen auf, streckte die Schnauze in die Luft und begann zu heulen.

Torarin brach da sogleich das Lob der Schotten ab.

»Was hast du nur, Grim, mein Hund?« sagte er. »Findest du, daß ich gar zu lange auf dem Eise stehe und die Zeit verschwatze?«

Er machte sich bereit weiterzufahren. »Ja, lebt wohl hier draußen,« sagte er.

Torarin fuhr durch den schmalen Sund zwischen der Kleeinsel und der Kuhinsel nach Marstrand zu. Als er so weit gekommen war, daß er Marstrand sehen konnte, merkte er, daß er sich nicht allein auf dem Eise befand.

Im klaren Mondenschein sah er einen hohen Mann in stolzer Haltung über den Schnee wandern. Er sah, daß er einen federgeschmückten Hut und reich ausstaffierte Kleider mit weiten Puffen trug.

»Sieh da,« sagte Torarin zu sich selbst, »da geht Sir Archie, der Anführer der Schotten, der heute abend auf der Galeasse gewesen ist, um sich die Überfahrt nach Schottland zu sichern.«

Torarin war dem Manne so nahe, daß er schon seinen langen Schatten eingeholt hatte, der hinter ihm herglitt. Sein Pferd setzte gerade die Hufe auf die Hutfedern des Schattenbildes.

»Grim,« sagte Torarin, »sollen wir ihn fragen, ob er mit uns in die Stadt fahren will?«

Der Hund begann sich sogleich aufzurichten, aber Torarin legte ihm beschwichtigend die Hand auf den Rücken. »Sei nur ruhig, Grim, mein Hund! Ich sehe, daß du die Schottischen nicht liebst!«

Sir Archie hatte nicht bemerkt, daß ihm jemand so nahe war. Er ging weiter, ohne sich umzusehen. Torarin bog ganz sachte zur Seite, um an ihm vorbeizukommen.

Aber im selben Augenblick gewahrte Torarin hinter dem schottischen Herrn etwas, was noch einem zweiten Schatten glich. Er sah etwas, was lang und dünn und grau war und über den Boden hinschwebte, ohne Fußspuren auf dem Wege zu hinterlassen und ohne den weißen Schnee zum Knirschen zu bringen.

Der Schotte ging mit großen Schritten vorwärts. Er sah sich weder nach rechts noch nach links um. Aber der graue Schatten glitt von rückwärts an ihn heran, so nahe, daß es aussah, als wollte er ihm etwas ins Ohr flüstern.

Torarin fuhr behutsam vorwärts, bis er in gleiche Linie mit ihnen beiden kam. Da sah er das Gesicht des Schotten im klaren Mondschein. Er ging mit zusammengezogenen Augenbrauen und sah unmutig aus, als sei er mit einem Gedanken beschäftigt, der ihm Mißbehagen verursachte.

Gerade als Torarin an ihm vorbeifuhr, drehte er sich um und blickte hinter sich, als hätte er jemandes Anwesenheit bemerkt.

Torarin sah deutlich, daß hinter Sir Archie eine junge Jungfrau in schleppendem, grauem Gewande einherschlich, aber Sir Archie sah sie nicht. Als er den Kopf wandte, stand sie regungslos still, und Sir Archies eigener Schatten legte sich dunkel und breit über sie und verdeckte sie.

Sir Archie wandte sich sogleich um und setzte seine Wanderung fort, und wieder eilte die Jungfrau herbei und ging so, als ob sie ihm etwas ins Ohr flüstere.

Aber als Torarin dies sah, packte ihn ein Grauen, das er nicht zu bemeistern vermochte. Er schrie laut auf, und er hieb auf sein Pferd ein, so daß er in vollem Galopp mit der schweißtriefenden Mähre vor der Türe seiner Hütte anlangte.

Verfolgung

1

Auf der Seite der Marstrandsinsel, die dem Schärenarchipel zugekehrt war und von einem Kranz von Inselchen geschützt war, lag
die Stadt mit allen ihren Häusern und Bauwerken. Da bewegten
sich die Menschen in Straßen und Gäßchen, da lag der Hafen, der
voll von Booten und Schiffen war, da wurden Heringe gesalzen und
Fische gereinigt, da lag die Kirche und der Kirchhof, da waren das
Rathaus und der Marktplatz, und da stand mancher hoher Baum,
der sich im Sommer grün belaubte.

Aber auf jener Hälfte der Marstrandsinsel, die vom offenen Meere
umgeben und nicht von Inseln oder Schären geschützt war, gab es
nichts als einsame nackte Klippen und zerklüftete Bergvorsprünge,
die ins Meer hineinragten. Da war Heidekraut mit braunen Köpf-
chen und stechendes Gestrüpp von Dornenbüschen, Höhlen für
Ottern und Füchse, Nester für Eidergänse und Möwen, doch keine
Wege, keine Häuser und keine Menschen.

Torarins Hütte aber lag hoch oben auf dem Kamme der Insel, so
daß sie auf der einen Seite die Stadt hatte und auf der anderen die
Wildnis. Und wenn Elsalill die Tür öffnete, lagen vor ihr breite,
nackte Felsenplatten, von denen sie weit nach Westen blicken konnte, bis zu dem dunkeln Rande, wo das Meer offen wogte.

Aber alle die Seeleute und Fischer, die in Marstrand eingefroren
waren, pflegten an Torarins Hütte vorbeizugehen, um die Klippen
zu ersteigen und zu sehen, ob Buchten und Sunde noch nicht angefangen hätten, ihre Eisdecke abzuwerfen.

Elsalill stand manches liebe Mal in der Haustür und sah ihnen
nach, wie sie dort hinaufgingen. Sie war herzenstraurig nach dem
großen Kummer, der sie getroffen hatte, und sie dachte: Mich
dünkt, daß alle glücklich sind, die etwas haben, wonach sie sich
sehnen können. Aber ich habe auf der weiten Welt nichts zu erwün-
schen.

Eines Abends sah Elsalill, wie ein hochgewachsener Mann, der einen breitrandigen Hut mit einer großen Feder trug, oben auf den Felsenplatten stand und nach Westen übers Meer hinausblickte, wie alle die anderen. Und Elsalill sah sogleich, daß der Mann Sir Archie war, der Anführer der Schotten, der unten auf der Brücke mit ihr gesprochen hatte.

Als er auf dem Heimwege zur Stadt an der Hütte vorbeikam, stand Elsalill noch immer in der Tür, und sie weinte.

»Warum weinst du?« fragte er und blieb vor ihr stehen.

»Ich weine, weil ich nichts habe, wonach ich mich sehnen kann,« sagte Elsalill. »Als ich Euch auf der Klippe stehen und über das Meer hinausblicken sah, da dachte ich: »Sicherlich hat er dort oben auf der anderen Seite des Meeres ein Heim, wohin er nun fahren will.«

Da wurde es Sir Archie weich ums Herz, so daß er sagte: »Seit langen Jahren hat niemand mit mir von meinem Heim gesprochen. Weiß Gott, wie es auf meines Vaters Hof steht. Als ich siebzehn Jahre zählte, zog ich von dort fort, um in fremden Heeren zu dienen.«

Damit trat Sir Archie in die Hütte zu Elsalill, und er begann mit ihr von seinem Elternhause zu reden.

Und Elsalill saß stumm da und hörte Sir Archie lange und inbrünstig zu. Sie fühlte sich glücklich über jedes Wort, das sie Sir Archie sagen hörte.

Aber als die Zeit herankam, wo Sir Archie gehen wollte, bat er Elsalill, sie küssen zu dürfen.

Da sagte Elsalill nein und eilte fort zur Türe, aber Sir Archie stellte sich ihr in den Weg und wollte sie zwingen.

In demselben Augenblick ging die Tür der Hütte auf, und die Hausmutter kam sehr hastig herein.

Da wich Sir Archie von Elsalill zurück. Er bot ihr nur die Hand zum Abschied und eilte von dannen.

Aber Torarins Mutter sagte zu Elsalill: »Es war recht von dir, daß du mir Botschaft sandtest. Es ist nicht ziemlich für eine Jungfrau, mit einem Manne wie Sir Archie allein in der Hütte zu sein. Das weißt du wohl: ein Söldling hat weder Ehre noch Gewissen.«

»Ich hätte Euch Botschaft gesandt?« sagte Elsalill erstaunt.

»Ja,« antwortete die Alte, »als ich auf der Brücke bei der Arbeit stand, kam ein kleines Jungfräulein, das ich nie zuvor gesehen habe, und sagte, du schicktest mir Grüße und bätest, ich solle heimkommen.«

»Wie sah die Jungfrau aus?« fragte Elsalill.

»Ich sah sie nicht so genau an, daß ich dir sagen könnte, wie sie aussah,« antwortete die Alte. »Aber eines merkte ich, sie ging so leicht über den Schnee, daß kein Laut vernehmbar war.«

Als Elsalill dies hörte, wurde sie ganz bleich, und sie sagte: »Dann war es wohl einer von Gottes Engeln, der Euch Kunde brachte und Euch nach Hause führte.«

2

Ein anderes Mal saß Sir Archie in Torarins Hütte und plauderte mit Elsalill.

Die beiden waren allein. Sie sprachen fröhlich miteinander und waren ganz vergnügt.

Sir Archie saß da und sprach mit Elsalill davon, daß sie ihn nach Schottland begleiten solle. Dort wolle er ihr ein Schloß bauen und sie zu einer vornehmen Burgfrau machen. Er sagte ihr, sie würde hundert Zofen unter sich haben und am Hofe des Königs tanzen.

Elsalill saß stumm da und lauschte jedem Worte, das Sir Archie zu ihr sagte, und sie glaubte sie alle. Und Sir Archie fand, daß er niemals ein Mägdlein getroffen hatte, das so leicht zu betören gewesen wäre wie Elsalill.

Plötzlich ward Sir Archie ganz stumm und sah hinab auf seine linke Hand.

»Was habt Ihr, Sir Archie, warum sprecht Ihr nicht weiter?« fragte Elsalill.

Sir Archie öffnete und schloß die Hand krampfhaft. Er wand sie hin und her.

»Was ist Euch, Sir Archie?« fragte Elsalill. »Ihr habt doch nicht am Ende Schmerzen in Eurer Hand?«

Da wendete sich Sir Archie mit verstörtem Gesicht Elsalill zu und sagte: »Siehst du das Haar, Elsalill, das sich um meine Hand schlingt? Siehst du die lichte Haarlocke?«

Als er zu sprechen begann, sah die junge Jungfrau nichts, aber noch ehe er geendet, sah sie, wie eine Schlinge aus hellem, feinem Haar sich ein paarmal um Sir Archies Hand ringelte.

Und die junge Jungfrau sprang entsetzt auf und rief: »Sir Archie, wessen Haar ist dies, das Ihr um Eure Hand geschlungen habt?«

Sir Archie blickte bestürzt und ratlos zu ihr hin. »Ich fühle, Elsalill, daß es wirkliches Haar ist. Es legt sich kühl und weich um die Hand. Aber wo ist es hergekommen?«

Die Jungfrau saß da und starrte die Hand mit Augen an, die ihr aus dem Kopfe zu treten schienen.

»So lag meiner Milchschwester Haar um die Hand dessen geschlungen, der sie tötete,« sagte sie.

Aber nun begann Sir Archie zu lachen. Rasch zog er sein Hand zurück.

»Sieh,« sagte er, »du und ich, Elsalill, wir lassen uns erschrecken wie kleine Kinder. Es war nichts anderes als ein paar starke Sonnenstrahlen, die durch das Fenster hereinfielen.«

Aber die junge Jungfrau brach in Tränen aus und sagte: »Nun dünkt mich, daß ich wieder auf der Ofenmauer läge, und ich sähe die Mörder am Werk. Ach, ich hoffte doch bis zuletzt, daß sie meine allerliebste Milchschwester nicht finden würden, aber endlich kam doch einer von ihnen und zog sie von der Mauer herunter, und als sie entfliehen wollte, da wickelte er ihr Haar um seine Hand und hielt sie fest. Aber sie lag auf den Knien vor ihm und sagte: ›Sieh meine Jugend an. Verschone mich! Lasse mich wenigstens so lange leben, daß ich begreifen lerne, warum ich zur Welt gekommen bin! Ich habe dir doch nichts zuleide getan, warum willst du mich töten?

Warum willst du mir nicht das Leben gönnen?‹ Und er hörte nicht auf sie, sondern tötete sie.«

Als Elsalill dies sagte, stand Sir Archie mit gerunzelter Stirne da und blickte zur Seite.

»Ach, wenn ich dem Manne einmal begegnete!« sagte Elsalill. Sie stand mit geballten Fäusten vor Sir Archie.

»Du kannst dem Manne nicht begegnen,« sagte Sir Archie. »Er ist tot.«

Aber die Jungfrau warf sich auf die Bank und schluchzte. »Sir Archie, Sir Archie, warum habt Ihr mich dazu gebracht, an die Toten zu denken? Den ganzen Abend und die Nacht muß ich nun weinen. Geht von mir, Sir Archie, denn jetzt habe ich für nichts anderes Sinn als für die Toten, nun muß ich an meine Milchschwester denken, daran, wie freundlich sie mir gewogen war.«

Und es gelang Sir Archie nicht, sie zu trösten, und er wurde von ihren Tränen und Klagen vertrieben und ging zu seinen Zechgenossen.

3

Sir Archie konnte nicht begreifen, warum sein Sinn stets von so trüben Gedanken erfüllt war. Er vergaß sie nicht, wenn er bei Elsalill saß und mit ihr plauderte, und nicht, wenn er bei seinen Kameraden war und mit ihnen trank. Wenn er auch die Nächte in den Hafenkneipen durchtanzte, konnte er sich ihrer doch nicht entschlagen, und er entging ihnen nicht, wenn er gleich meilenlange Strecken über das gefrorene Meer wanderte.

»Warum muß ich stets an das denken, woran ich mich nicht erinnern will?« sagte Sir Archie zu sich selbst. »Es ist mir, als schliche jemand mir immer nach und flüsterte mir ins Ohr.«

»Es ist mir, als spönne jemand ein Netz um mich,« sagte Sir Archie, »um alle meine Gedanken einzufangen und mir diesen einzigen übrig zu lassen. Ich kann den Jäger nicht sehen, der das Netz auswirft, aber ich höre seine Schritte, wenn er mir nachschleicht.«

»Es ist mir, als ginge ein Maler vor mir her und bemalte alles, was ich betrachte, mit demselben Bilde,« sagte Sir Archie. »Ob ich die Blicke zum Himmel oder zur Erde wende, so sehe ich doch nichts anderes als eine einzige Sache.«

»Es ist mir, als säße ein Steinklopfer auf meinem Herzen und hämmerte einen einzigen Kummer hinein,« sagte Sir Archie. »Ich kann den Steinklopfer nicht sehen, aber Tag und Nacht höre ich, wie sein Hammer klopft und schlägt. Du steinernes Herz, du steinernes Herz, sagt er, jetzt mußt du nachgeben. Jetzt will ich einen Kummer in dich hineinhämmern.«

Sir Archie hatte zwei Freunde, Sir Philip und Sir Reginald, die ihm allenthalben folgten. Es bekümmerte sie, daß er immer unfroh war und nichts ihn glücklich machen konnte.

»Was fehlt dir?« pflegten sie zu sagen. »Warum sind deine Augen so brennend, und warum sind deine Wangen so bleich?«

Sir Archie wollte ihnen nicht sagen, was ihn quälte. Er dachte: was würden meine Genossen von mir denken, wenn sie erführen, daß ich mich etwas Unmännlichem hingebe? Sie würden mir nicht mehr gehorchen, wenn sie wüßten, daß ich von Reue über eine Tat gemartert werde, die notwendig war.

Doch als sie immer mehr in ihn drangen, sagte er zu ihnen, um sie auf falsche Fährte zu leiten:

»Es ergeht mir in diesen Tagen so wunderlich. Da ist eine Jungfrau, die ich erobern will, aber ich kann sie nicht erringen. Immer stellt sich mir etwas in den Weg.«

»Vielleicht liebt dich die Jungfrau nicht?« sagte Sir Reginald.

»Ich glaube sicher, daß ihr Sinn mir zugeneigt ist,« sagte Sir Archie, »aber es gibt etwas, was über ihr wacht, so daß ich sie nicht gewinnen kann.«

Da fingen Sir Reginald und Sir Philip zu lachen an, und sie sagten: »Die Jungfrau wollen wir dir schon verschaffen.« --

Am Abend kam Elsalill einsam durch das Gäßchen gegangen. Sie kam müde von der Arbeit, und sie dachte bei sich selbst: »Dies Leben ist hart, und es macht mir keine Freude. Es graut mir davor, den ganzen Tag dazustehen und den Fischgeruch zu spüren. Es graut mir, wenn ich die anderen Frauen mit so harten Stimmen lachen und scherzen höre. Es graut mir vor den hungrigen Möwen, die über die Tische fliegen und mir die Fischstücke aus den Händen reißen wollen. Wenn doch jemand kommen und mich von hier fortnehmen wollte! Ich würde ihm bis ans Ende der Welt folgen.

Als Elsalill an die Stelle kam, wo das Gäßchen am finstersten war, traten Sir Reginald und Sir Philip aus dem Schatten und grüßten sie.

»Jungfrau Elsalill!« sagten sie. »Wir bringen dir Kunde von Sir Archie. Er liegt krank daheim in der Herberge. Er sehnt sich danach, mit dir zu sprechen, und bittet, daß du uns zu ihm nach Hause folgen mögest.«

Elsalill begann sich zu ängstigen, daß Sir Archie sehr krank sein könnte, und sie kehrte sogleich mit den beiden schottischen Herren um, die sie zu ihm führen wollten.

Sir Philip und Sir Reginald nahmen sie in die Mitte. Sie lächelten einander zu und dachten, daß nichts leichter sein könne, als Elsalill zu betören.

Elsalill war in großer Hast und Eile. Sie lief beinahe das Gäßchen hinab. Sir Philip und Sir Reginald mußten gewaltig ausschreiten, um ihr folgen zu können.

Aber als Elsalill so rasch vorwärtseilte, begann vor ihrem Fuße etwas zu rollen. Es war etwas, was vor sie hingeworfen wurde, und sie wäre fast darüber gestolpert.

Was ist das, was vor meinen Füßen rollt? dachte Elsalill. Es muß ein Stein sein, den ich aus der Erde gelöst habe und der nun den Abhang hinunterrollt.

Sie hatte es so eilig, zu Sir Archie zu kommen, daß sie sich nicht von dem, was dicht vor ihren Füßen rollte, hindern lassen wollte. Sie stieß es beiseite, aber es kam allsogleich zurück und rollte vor ihr das Gäßchen hinunter.

Elsalill hörte, daß es wie Silber klang, als sie es fortstieß, und sie sah, daß es blinkte und schimmerte.

Das ist kein gewöhnlicher Stein, dachte Elsalill. Mich dünkt, es ist eine Silbermünze. Aber sie hatte es so eilig, zu Sir Archie zu kommen, daß sie sich nicht die Zeit nahm, sie von der Straße aufzulesen.

Aber wieder und wieder rollte es vor ihren Füßen, und sie dachte: »Du kommst rascher vorwärts, wenn du dich bückst und es aufhebst. Du kannst es weit wegwerfen, wenn es nichts ist.«

Sie beugte sich hinunter und hob es auf. Es war eine große Silbermünze, die weiß in ihrer Hand leuchtete.

»Was ist es, was du da auf der Straße findest, Jungfrau?« sagte Sir Reginald. »Es leuchtet so weiß im Mondenschein.«

Sie gingen da gerade an einem der großen Seeschuppen vorbei, wo fremde Fischer wohnten, solange sie ihrer Beschäftigung wegen in Marstrand waren. Vor dem Eingang hing eine Hornlaterne, die einen schwachen Schein auf die Straße warf.

»Laß uns sehen, was du gefunden hast, Jungfrau,« sagte Sir Philip und blieb unter der Laterne stehen.

Elsalill hielt die Münze zum Laternenschein empor, und kaum hatte sie einen Blick darauf geworfen, als sie schon ausrief: »Dies ist eines von Herrn Arnes Geldstücken! Ich erkenne es wieder. Dies ist eines von Herrn Arnes Geldstücken!«

»Was sagst du da, Jungfrau?« fragte Sir Reginald. »Warum sagst du, daß dies eines von Herrn Arnes Geldstücken sei?«

»Ich kenne es,« sagte Elsalill. »Ich habe oft gesehen, wie Herr Arne es in der Hand hielt. Ja, sicherlich ist dies eines von Herrn Arnes Geldstücken.«

»Rufe nicht so laut, Jungfrau!« sagte Sir Philip. »Hier kommen schon Leute, die herbeieilen, um zu hören, warum du so schreist.

Aber Elsalill achtete nicht auf Sir Philip. Sie sah, daß die Türe zu dem Seeschuppen offen stand. Mitten im Raume brannte ein Feuer, und rings um die Flamme saßen eine Menge Männer in ruhigem, bedächtigem Gespräche.

Elsalill eilte zu ihnen hinein. Sie hielt die Münze hoch erhoben.

»Horchet auf, ihr Männer alle!« rief sie. »Jetzt weiß ich, daß Herrn Arnes Mörder am Leben sind. Seht her, ich habe eines von Herrn Arnes Geldstücken gefunden!«

Alle Männer wandten sich ihr zu. Da sah sie, daß Torarin, der Fischmakler, auch im Kreise saß.

»Womit kommst du da, Jungfrau, und was rufest du?« fragte nun Torarin. »Wie kannst du Herrn Arnes Geldstücke von anderen Münzen unterscheiden?«

»Ich muß wohl diese Münze von allen anderen unterscheiden können,« sagte Elsalill. »Sie ist alt und groß, und sie hat einen Ausschnitt am Rande. Herr Arne sagte, sie sei aus der Zeit der alten norwegischen Könige, und niemals trennte er sich von ihr, um einen Einkauf zu bezahlen.«

»Nun erzähle, wo du sie gefunden hast, Jungfrau,« sagte ein anderer Fischer.

»Ich habe sie auf der Straße gefunden, wo sie vor meinen Füßen rollte,« sagte Elsalill. »Da hat sie wohl einer der Mörder fallen lassen.«

»Es mag wahr oder unwahr sein, was du sagst,« versetzte Torarin. »Aber was können wir dabei tun? Wir können die Mörder nicht dadurch finden, daß du weißt, daß sie durch eine unserer Gassen gegangen sind.«

Die Fischer fanden, daß Torarin klug gesprochen hatte. Und sie setzten sich wieder um das Feuer zurecht.

»Komm du mit mir heim, Elsalill,« sagte Torarin. »Dies ist keine Stunde, zu der eine Jungfrau auf Gassen und Märkten herumlaufen soll.«

Als Torarin dies sagte, sah Elsalill sich nach ihren Begleitern um. Aber Sir Reginald und Sir Philip hatten sich fortgeschlichen, ohne daß sie es gemerkt hatte.

Im Rathauskeller

1

Die Wirtin des Rathauskellers zu Marstrand machte eines Morgens die Türen auf, um Treppe und Flur zu kehren. Da sah sie eine junge Jungfrau auf einer Treppenstufe sitzen und warten. Sie war in ein langes, graues Gewand gekleidet, das mit einem Gürtel um den Leib zusammengenommen war. Das Haar war licht, und es war weder aufgesteckt, noch geflochten, sondern hing zu beiden Seiten des Gesichtes glatt hinunter.

Als die Tür geöffnet wurde, stand sie auf und ging die Treppe in den Flur hinunter, aber der Wirtin war es, als ginge sie wie eine, die im Schlafe wandle. Die ganze Zeit hielt sie die Augenlider gesenkt und die Arme hart an den Körper gepreßt. Je näher sie kam, desto mehr verwunderte sich die Wirtin darüber, wie zart und feingliederig sie war. Auch ihr Gesicht war lieblich, aber es war dünn und durchsichtig, als sei es aus sprödem Glas geformt.

Als sie zur Wirtin herankam, fragte sie, ob es hier einen Platz gäbe, den sie versehen könne, und bat, sie in Dienst zu nehmen.

Da dachte die Wirtin an alle die wilden Gesellen, die des Abends im Gastzimmer zu sitzen und Bier und Wein zu trinken pflegten, und konnte sich ein Lächeln nicht verbeißen. »Nein, hier bei uns gibt es keinen Platz für solch ein kleines Jungfräulein wie dich,« sagte sie.

Die Jungfrau schlug weder die Augen auf, noch machte sie sonst die geringste Bewegung, aber sie bat abermals, sie in Dienst zu nehmen. Sie verlange weder Kost noch Lohn, sagte sie, nur eine Arbeit wolle sie.

»Nein,« sagte die Wirtin, »wenn meine eigene Tochter wäre wie du, ich würde es ihr abschlagen. Ich gönne dir etwas Besseres, als bei mir zu dienen.«

Die junge Jungfrau ging sacht die Treppe hinauf, und die Wirtin blieb stehen und blickte ihr nach. Da sah sie so klein und hilflos aus, daß die Wirtin sich ihrer erbarmte.

Sie rief sie zurück und sagte ihr: »Vielleicht läufst du größere Gefahr, wenn du allein in Straßen und Gäßchen umhergehst, als wenn du zu mir kommst. Du darfst einen Tag bei mir bleiben und Tassen und Teller waschen, dann kann ich sehen, wozu du taugst.«

Die Wirtin führte sie in ein kleines Kämmerchen, das sie hinter dem Kellersaal eingerichtet hatte. Es war nicht größer als ein Schrank, und da war weder ein Fenster noch ein Guckloch, sondern es bekam nur Licht durch eine Luke in der Wand zum Schankzimmer.

»Steh heute hier,« sagte die Wirtin zu der jungen Jungfrau, »und spüle alle die Tassen und Teller, die ich dir durch diese Luke reiche, dann will ich sehen, ob ich dich in meinem Dienst behalten kann.«

Die junge Jungfrau ging in das Kämmerchen, und sie bewegte sich so leise, daß es der Wirtin war, als sei eine Tote in ihr Grab geglitten.

Sie stand den ganzen Tag dort drinnen, mit niemandem sprach sie, und niemals steckte sie den Kopf durch die Luke, um die Leute anzusehen, die in dem Kellersaal aus- und eingingen. Das Essen, das man ihr gab, berührte sie nicht.

Niemand hörte sie beim Tellerwaschen klappern, aber wann immer die Wirtin die Hand durch die Luke streckte, reichte sie ihr die frischgewaschenen Tassen und Teller, auf denen kein Fleckchen war.

Aber wenn die Wirtin sie nahm, um sie auf die Tische zu stellen, da waren sie so kalt, daß sie das Gefühl hatte, sie müßten ihr die Haut von den Fingern brennen. Und ihr schauderte, und sie sagte: »Es ist, als nähme ich sie dem kalten Tode aus den Händen.«

2

Eines Tages hatte es auf den Brücken keine Fische zu reinigen gegeben, so daß Elsalill daheim bleiben durfte. Sie saß allein in der

Hütte und spann. Es war ein tüchtiges Feuer im Herde und ziemlich hell in der Hütte.

Mitten in der Arbeit fühlte sie einen leichten Hauch, als striche ein kalter Wind über ihre Stirn. Sie blickte auf, und da sah sie, daß ihre tote Milchschwester vor ihr stand.

Elsalill legte die Hand auf das Spinnrad, so daß es stehen blieb, und saß still da und betrachtete ihre Milchschwester. Zuerst erschrak sie, aber sie dachte bei sich: es steht mir nicht wohl an, mich vor meiner Milchschwester zu fürchten. Ob sie nun tot oder lebendig ist, ich bin doch froh, sie zu sehen.

»Mein Liebchen,« sagte sie zu der Toten, »wünschest du etwas von mir?«

Da sprach die andere mit einer Stimme, die ohne Stärke und Ton war: »Schwesterchen Elsalill, ich habe mich im Gasthause verdingt, und die Wirtin hat mich den ganzen Tag stehen und Tassen und Teller waschen lassen. Nun, am Abend, bin ich so müde, daß ich es nicht mehr ertrage. Ich bin nun hergekommen, um zu fragen, ob du nicht kommen und mir helfen willst?«

Als Elsalill dies vernahm, war es ihr, als ob ein Schleier sich über ihren Verstand legte. Sie konnte nicht mehr denken oder wollen oder Furcht empfinden. Sie konnte nur Freude darüber fühlen, daß sie ihre Milchschwester wiedersah, und sie antwortete: »Ja, mein Liebchen, ich will sogleich kommen und dir helfen.«

Da schritt die Tote auf die Tür zu, und Elsalill folgte ihr. Aber als sie auf der Schwelle standen, blieb ihre Milchschwester stehen und sagte zu Elsalill: »Du mußt deinen Mantel umnehmen. Draußen weht ein heftiger Sturm.« Und als sie dies sagte, klang ihre Stimme ein bißchen deutlicher als früher und weniger tonlos.

Da nahm Elsalill ihren Mantel von der Wand und hüllte sich darein. Sie dachte bei sich selbst: »Meine Milchschwester liebt mich noch. Sie will mir nichts zuleide tun. Ich bin glücklich, ihr zu folgen, wohin sie mich auch führen mag.«

Und sie folgte der Toten durch viele Gassen, von Torarins Hütte, die auf einer steinigen Anhöhe lag, bis zu den ebeneren Straßen am Platze und am Hafen.

Die Tote ging die ganze Zeit zwei Schritte vor Elsalill. Es war ein starker Sturm, der an diesem Abend durch die Gassen heulte, und Elsalill merkte, wenn der Wind sehr heftig kam und sie an die Wand pressen wollte, daß die Tote sich zwischen sie und den Wind stellte und sie, so gut sie konnte, mit ihrem zarten Leibe schützte.

Als sie endlich zum Rathause kamen, ging die Tote die Kellertreppe hinunter und winkte Elsalill, ihr zu folgen. Aber als sie die Treppe hinuntergingen, blies der Wind das Licht der Laterne aus, die im Flur hing, und sie standen im Dunkeln. Da wußte Elsalill nicht, wohin sie ihre Schritte wenden sollte, und die Tote mußte ihre Hand auf die Elsalills legen, um sie zu führen. Aber die Hand der Toten war so kalt, daß Elsalill zusammenzuckte und vor Schrecken zu zittern begann. Da nahm die Tote ihre Hand weg und wickelte sie in einen Zipfel von Elsalills Mantel, bevor sie wieder versuchte, sie zu führen. Aber Elsalill fühlte die Eiseskälte durch Futter und Pelzwerk.

Nun führte die Tote Elsalill durch einen langen Gang und öffnete dann eine Tür. Sie kamen in ein kleines, dunkles Kämmerchen, in das durch eine Luke in der Wand ein schwacher Lichtschein fiel. Elsalill sah, daß sie sich in einem Raume befanden, wo die Wirtin ihr Schankmädchen stehen zu haben pflegte, um die Tassen und Teller zu waschen, die sie brauchte, um sie den Gästen auf die Tische zu stellen. Elsalill konnte erkennen, daß ein Wasserschaff auf einem Schemel stand, und in der Luke standen viele Becher und Gefäße, die gespült werden sollten.

»Willst du mir heut abend bei dieser Arbeit helfen, Elsalill?« sagte die Tote.

»Ja, mein Liebchen,« sagte Elsalill, »du weißt, daß ich dir bei allem helfen will, was du begehrst.«

Damit legte Elsalill den Mantel ab. Sie streifte ihre Ärmel auf und machte sich an die Arbeit.

»Willst du nun sehr ruhig und still hier sein, Elsalill, daß die Wirtin es nicht merkt, daß ich mir eine Hilfe angeschafft habe?«

»Ja, mein Liebchen,« sagte Elsalill, »gewiß will ich das.«

»Ja, dann lebe wohl, Elsalill!« sagte die Tote. »Nun will ich dich nur um eines bitten. Und das ist, daß du mir hiernach nicht allzusehr zürnen mögest.«

»Was soll dies bedeuten, daß du mir Lebewohl sagst?« sagte Elsalill. »Ich will gerne jeden Abend kommen und dir helfen.«

»Nein, öfter als heute abend brauchst du wohl nicht zu kommen,« sagte die Tote. »Ich denke, du wirst mir heute nacht so helfen, daß dieses Werk vollbracht ist.«

Während sie so sprachen, hatte Elsalill sich schon über die Arbeit gebeugt. Ein Weilchen war alles still, aber dann spürte sie einen leisen Hauch auf der Stirne, gerade wie vorhin, als die Tote in Torarins Hütte zu ihr gekommen war. Da sah sie auf und merkte, daß sie allein war. Sie begriff, was es war, das sie wie ein leises Lüftchen auf der Stirne gespürt hatte, und sagte zu sich selbst: Meine tote Milchschwester hat mich auf die Stirne geküßt, ehe sie von mir schied.

Elsalill machte nun zuerst ihre Arbeit fertig. Sie spülte alle Schalen und Kannen ab und trocknete sie. Dann ging sie zur Luke, um zu sehen, ob neue hingestellt worden wären. Sie fand keine dort, und so blieb sie vor der Luke stehen und sah hinaus in den Kellersaal.

Es war zu einer Stunde des Tages, wo keine Gäste in den Keller zu kommen pflegten. Die Wirtin saß nicht hinter ihrem Schanktisch, und keiner ihrer Dienstleute befand sich in der Stube. Die einzigen, die man sah, waren drei Männer, die am Ende eines großen Tisches saßen. Sie waren Gäste, schienen aber hier ganz heimisch zu sein, denn einer von ihnen, der seinen Becher geleert hatte, ging zum Schanktisch, füllte ihn aus einem der großen Fässer, die dort aufgestapelt lagen, und setzte sich wieder hin, um weiterzutrinken.

Elsalill stand da, als sei sie aus einer fremden Welt gekommen. Ihre Gedanken weilten bei der toten Milchschwester, und sie konnte nicht recht unterscheiden, was sie sah. Es dauerte lange, bis sie merkte, daß die drei Männer am Tische ihr wohlvertraut und lieb waren. Denn die dort saßen, waren keine anderen als Sir Archie und seine beiden Freunde, Sir Reginald und Sir Philip.

In den letzten Tagen war Sir Archie nicht zu Elsalill gekommen, und sie war froh, ihn zu sehen. Sie wollte ihm sogleich zurufen, daß sie da, ganz in der Nähe, sei, aber da dachte sie, wie wunderlich es war, daß er gar nicht mehr zu ihr kam, und sie verhielt sich still. Vielleicht hat er eine andere lieb gewonnen, dachte Elsalill. Vielleicht denkt er jetzt an sie.

Denn Sir Archie saß ein kleines Stück von den anderen entfernt. Er saß stumm und starrte gerade vor sich hin, ohne zu trinken. Er nahm am Gespräch nicht teil, und wenn seine Freunde etwas zu ihm sagten, fand er es meist nicht der Mühe wert, darauf zu antworten.

Elsalill hörte, daß die anderen versuchten, ihn aufzumuntern. Sie fragten ihn, warum er nicht trinke. Sie rieten ihm sogar, zu Elsalill zu gehen und mit ihr zu plaudern, um wieder froh zu werden.

»Ihr sollt euch nicht um mich bekümmern,« sagte Sir Archie. »Eine andere liegt mir im Sinn. Stets sehe ich sie vor mir, und stets höre ich ihre Stimme mir im Ohr erklingen.«

Und Elsalill sah, daß Sir Archie dasaß und auf eine der breiten Säulen starrte, die die Kellerdecke trugen. Nun sah sie auch, was sie früher nicht bemerkt hatte, daß ihre Milchschwester an dieser Säule stand und Sir Archie ansah. Sie stand ganz regungslos in ihrem grauen Gewande, und es war nicht leicht, sie zu unterscheiden, wie sie sich da eng an die Säule drückte.

Elsalill stand mäuschenstill und blickte in das Gemach. Sie merkte, daß ihre Milchschwester die Augen aufgeschlagen hatte, als sie Sir Archie ansah. Die ganze Zeit, die sie mit Elsalill verbracht hatte, war sie mit gesenkten Augen einhergegangen.

Aber ihre Augen waren das einzige, was an ihr furchtbar war. Elsalill sah, daß sie gebrochen und trübe waren. Sie waren ohne Blick, und das Licht spiegelte sich nicht mehr in ihnen wieder.

Nach einer Weile begann Sir Archie wieder zu wehklagen. »Ich sehe sie immer. Sie folgt mir auf Schritt und Tritt,« sagte er.

Er saß der Säule zugekehrt, wo die Tote stand, und starrte sie an. Aber Elsalill begriff, daß er die Tote nicht sah. Er sprach nicht von ihr, sondern von jemandem, der stets in seinen Gedanken war.

Elsalill blieb an der Luke stehen und verfolgte alles, was geschah. Sie dachte, daß sie gar zu gerne wissen wollte, wer es wäre, an den Sir Archie beständig dachte.

Plötzlich merkte sie, daß die Tote sich auf die Bank neben Sir Archie gesetzt hatte und ihm etwas ins Ohr flüsterte.

Aber Sir Archie wußte noch immer nichts davon, daß sie ihm so nahe war und daß sie dasaß und ihm ins Ohr flüsterte. Er merkte ihre Gegenwart nur an der furchtbaren Angst, die über ihn kam.

Elsalill sah, daß Sir Archie, nachdem die Tote ein paar Augenblicke neben ihm gesessen und ihm ins Ohr geflüstert hatte, seinen Kopf in die Hände sinken ließ und weinte: »Ach, hätt' ich doch niemals die junge Jungfrau gefunden!« sagte er. »Ich bereue nichts anderes, als daß ich die junge Jungfrau nicht verschonte, als sie mich anflehte.«

Die beiden anderen Schotten hörten zu trinken auf und sahen Sir Archie erschrocken an, der solchermaßen alle Männlichkeit ablegte und sich der Reue hingab. Ein Weilchen saßen sie ratlos da, aber dann ging einer von ihnen zum Schanktisch hin, nahm die größte Trinkkanne, die dort stand, und füllte sie mit rotem Wein. Dann ging er auf Sir Archie zu, schlug ihm auf die Schulter und sagte: »Trinke, Bruderherz: Noch währt Herrn Arnes Schatz! Solange wir die Mittel haben, uns solchen Wein zu schaffen wie diesen, braucht der Kummer nicht Macht über uns zu gewinnen.«

Aber in demselben Augenblick, in dem dies gesprochen war: »Trinke, Bruderherz! Noch währt Herrn Arnes Schatz«, sah Elsalill, wie die Tote sich von der Bank erhob und verschwand.

Und zugleich sah Elsalill drei Männer vor sich, die große Bärte und zottige Fellgewänder hatten und mit Herrn Arnes Leuten kämpften. Und nun erkannte sie, daß dies die drei Männer waren, die im Keller saßen: Sir Archie, Sir Philip und Sir Reginald.

3

Elsalill verließ das Kämmerlein, wo sie gestanden und die Becher der Wirtin gespült hatte, und schloß sacht die Türe hinter sich zu. In dem schmalen Gange davor blieb sie stehen. Sie lehnte sich an die Wand und stand da wohl eine Stunde regungslos.

Während sie so stand, dachte sie bei sich selbst: Ich kann ihn nicht verraten. Was er auch Böses getan haben mag, ich bin ihm doch von ganzem Herzen gut. Ich kann ihn nicht auf das Rad und an den Galgen bringen. Ich kann nicht sehen, wie sie ihm Hand und Fuß abtrennen.

Der Sturm, der den ganzen Tag gerast hatte, nahm zu und wurde immer gewaltiger, je mehr der Abend vorschritt, und Elsalill hörte sein starkes Brausen, wie sie da in der Dunkelheit stand.

Nun ist der erste Frühlingssturm gekommen, dachte sie. Nun ist er gekommen in aller seiner Gewalt, um das Meer frei zu machen und das Eis zu brechen. In ein paar Tagen werden wir offenes Wasser haben, und dann wird Sir Archie von dannen ziehen, und niemals kehrt er wieder. Er wird keine ferneren Missetaten in diesem Lande begehen. Wozu soll es dann frommen, daß er gefangen und gestraft wird? Weder die Toten noch die Lebenden haben Freude daran.

Elsalill zog den Mantel um sich. Sie dachte, daß sie heimgehen und sich still an ihre Arbeit setzen wolle, ohne irgendeiner Menschenseele das Geheimnis zu verraten.

Aber bevor sie noch den Fuß erhoben hatte, um zu gehen, hatte sie auch schon ihr Vorhaben aufgegeben und blieb stehen.

Sie stand still und hörte den Sturm brausen. Sie dachte wieder daran, daß es nun bald Frühling werden würde. Der Schnee würde schmelzen und die Erde sich in Grün kleiden.

Daß Gott sich erbarme, was wird dies für ein Frühling für mich, dachte Elsalill. Nicht Freude noch Glück kann mir nach dieses Winters Kälte mehr grünen.

Es ist nur ein Jahr her, dachte sie, da war ich so glücklich, daß der Winter zu Ende war und der Frühling kam. Ich erinnere mich an einen Abend, der war so schön, daß es mich nicht daheim auf dem Hofe litt. Da nahm ich mein Schwesterlein an der Hand, und wir wandelten hinaus auf die Flur, grünes Laub zu holen, um die Ofenmauer zu schmücken.

Sie stand da und rief sich ins Gedächtnis, wie sie und ihre Milchschwester über einen grünen Pfad gewandert waren. Und da, neben dem Wege, hatten sie eine kleine junge Birke gesehen, die abgehauen worden war. Man sah es am Holze, daß sie vor einigen Tagen gefällt war. Aber nun merkten sie, daß der arme abgehauene Baum zu grünen begonnen hatte, und daß seine Blätter sich aus den Knospen entfalteten.

Da war ihre Milchschwester stehengeblieben und hatte sich über den Baum gebeugt. »Ach, du armes Bäumchen,« sagte sie, »was hast du wohl Böses begangen, daß du nicht sterben kannst, wenn du gleich abgehauen bist? Warum mußt du deine Blätter entfalten, als ob du noch lebtest?«

Da hatte Elsalill gelacht und ihr geantwortet: »Er grünt wohl so lieblich, damit der, der ihn abgehauen hat, sieht, welchen Schaden er getan hat, und Reue darüber fühlt.«

Aber ihre Milchschwester hatte nicht gelacht. Ihr waren die Tränen in die Augen gekommen.

»Dies ist eine große Sünde, einen Baum in der Zeit des Knospenspringens zu fällen, wo er so voll Kraft ist, daß er nicht sterben kann. Es ist furchtbar für einen Toten, wenn er nicht Ruhe findet in seinem Grabe. Die tot sind, haben nicht mehr viel Gutes zu erwarten, nicht Liebe noch Glück kann sie erreichen. Das einzige Gute, was sie noch begehren, ist, in stiller Ruh zu schlummern. Wohl muß ich weinen, wenn du sagst, daß die Birke nicht sterben kann, weil sie an ihren Mörder denkt. Es ist wohl das härteste Schicksal für einen, der des Lebens beraubt wurde, nicht in Ruhe schlummern zu können, weil er seinen Mörder verfolgen muß. Die Toten haben nichts anderes zu erstreben, als einen Schlummer in Ruhe.«

Als Elsalill sich daran erinnerte, begann sie zu weinen und die Hände zu ringen.

»Meine Milchschwester findet keine Ruhe in ihrem Grabe,« sagte sie, »wenn ich nicht meinen Geliebten verrate. Wenn ich ihr hierin nicht beistehe, muß sie über die Erde irren, ohne Ruh und Rast. Meine arme Milchschwester, sie hat keinen anderen Wunsch mehr, als Ruhe in ihrem Grabe zu finden, und die kann ich ihr nicht geben, ohne daß ich den, den ich lieb habe, auf das Rad und an den Galgen bringe.«

4

Sir Archie trat aus dem Kellersaal und ging durch den schmalen Gang. Jetzt war die Laterne, die an der Decke hing, wieder angezündet, und bei ihrem Schein sah er, daß eine junge Jungfrau dastand und sich an die Wand lehnte.

Sie war bleich, und sie stand so still, daß Sir Archie erschrak und dachte: Jetzt endlich steht die Tote, die mich alle Tage verfolgt, vor meinen Augen.

Als Sir Archie an Elsalill vorbeikam, legte er seine Hand auf ihre, um zu erfahren, ob es wirklich eine Tote wäre, die dastand. Und die Hand war ja kalt, daß er nicht sagen konnte, ob sie einer Toten oder einer Lebenden angehörte.

Aber als Sir Archie Elsalills Hand berührte, zog sie sie zurück, und da erkannte Sir Archie Elsalill.

Er glaubte, sie sei um seinetwillen hergekommen, und er wurde sehr froh, als er sie sah. In demselben Augenblick durchfuhr ihn ein Gedanke. Jetzt weiß ich, was ich tun will, damit ich die Tote versöhne und damit sie davon ablasse, mich zu verfolgen.

Er nahm Elsalills Hände zwischen seine und führte sie an seine Lippen. »Gott segne dich, daß du heute abend zu mir gekommen bist, Elsalill,« sagte er.

Aber Elsalills Herz war zu Tode betrübt. Sie konnte vor Tränen Herrn Archie nicht einmal sagen, daß sie nicht hergekommen war, um ihn zu treffen.

Sir Archie stand lange schweigend da, aber die ganze Zeit über hielt er Elsalills Hände in seinen beiden. Und je länger er so stand, desto klarer und schöner wurde sein Gesicht.

»Elsalill,« sagte Sir Archie, und er sprach mit großer Feierlichkeit. »Seit mehreren Tagen bin ich nicht zu dir gekommen, weil ich von schweren Gedanken gequält war. Sie haben mir niemals Ruhe gelassen, und ich glaubte, daß ich auf dem Wege sei, den Verstand zu verlieren. Aber heute abend steht es besser mit mir, und ich sehe vor meinen Augen das Bild nicht mehr, das mich quälte. Und als ich dich hier draußen fand, da sagte mir mein Herz, was ich tun sollte, um meiner Qual für alle Zeit los und ledig zu werden.«

Er beugte sich hinunter, um Elsalill in die Augen sehen zu können, aber als sie mit gesenkten Lidern dastand, fuhr er fort:

»Du zürnst mir, Elsalill, weil ich mehrere Tage nicht zu dir gekommen bin. Aber ich konnte nicht kommen, denn wenn ich dich sah, wurde ich noch mehr an das erinnert, was mich quälte. Wenn ich dich sah, mußte ich noch mehr an eine junge Jungfrau denken, gegen die ich übel gehandelt habe. Ich habe auch sonst gegen viele Menschen übel gehandelt, Elsalill, aber mein Gewissen verfolgt mich um nichts anderes, als um dieses, was ich gegen die junge Jungfrau begangen habe.«

Als Elsalill noch immer schwieg, ergriff er wieder ihre Hände und führte sie an seine Lippen und küßte sie.

»Höre nun, Elsalill, was mein Herz mir sagte, als ich sah, daß du dort draußen standest und auf mich wartetest: Du hast an einer Jungfrau unrecht gehandelt, darum sollst du an einer anderen sühnen, was du ihr zuleide getan hast. Du sollst sie zu deinem Weibe nehmen, und du sollst so gut gegen sie sein, daß sie niemals Kummer fühlt. Du sollst ihr solche Treue bewahren, daß du sie an deinem letzten Lebenstage mehr liebst als an deinem Hochzeitstage.«

Elsalill stand noch immer unbeweglich mit niedergeschlagenen Augen da. Da legte Sir Archie die Hand auf ihren Kopf und richtete ihn empor. »Ich muß wissen, Elsalill, ob du hörst, was ich sage,« sagte er.

Da sah er, daß Elsalill so heftig weinte, daß große Tränen über ihre Wangen rollten.

»Warum weinst du, Elsalill?« fragte Sir Archie.

»Ich weine, Sir Archie,« sagte Elsalill, »weil ich eine allzu große Liebe zu Euch in meinem Herzen trage.«

Da trat Sir Archie noch näher an Elsalill heran und legte seinen Arm um ihren Leib. »Hörst du, wie der Sturm draußen heult?«

sagte er. »Das bedeutet, daß das Meer bald frei ist, und daß Schiffe und Fahrzeuge wieder in mein Heimatland ziehen können. Sage mir nun, Elsalill, ob du mir dort hinüberfolgen willst, so daß ich an dir gutmachen kann, was ich an einer anderen verbrochen habe?«

Sir Archie begann Elsalill flüsternd von dem herrlichen Leben zu erzählen, das ihrer harrte, und Elsalill fing an, bei sich selbst zu denken: Ach, daß ich doch nicht wüßte, was er Böses getan hat. Dann würde ich ihm folgen und glücklich mit ihm leben.

Sir Archie kam ihr immer näher, und als Elsalill aufblickte, sah sie, daß sein Gesicht über sie gebeugt war und daß er sie eben auf die Stirn küssen wollte. Da erinnerte sie sich an die Tote, die jüngst bei ihr gewesen war und sie geküßt hatte. Sie riß sich von Sir Archie los und sagte: »Nein, Sir Archie, ich werde euch niemals folgen.«

»Doch,« sagte Sir Archie, »du mußt mir folgen, Elsalill, sonst stürze ich ins Verderben.«

Er begann der Jungfrau immer zärtlichere Worte zuzuflüstern, und wieder dachte sie bei sich selbst: Wäre es nicht Gott und den Menschen wohlgefälliger, wenn er sein böses Leben sühnen und ein rechtschaffener Mann werden könnte? Wem frommt es wohl, wenn er gestraft und getötet wird?

Als Elsalill so zu denken begann, kamen ein paar Männer vorbei, die in den Kellersaal gingen. Wie Sir Archie merkte, daß sie auf ihn und die Jungfrau neugierige Blicke warfen, sagte er zu ihr:

»Komm, Elsalill, ich will dich heimgeleiten. Ich will nicht, daß jemand sieht, daß du zu mir in den Kellersaal gekommen bist.«

Da blickte Elsalill auf, als käme es ihr plötzlich in den Sinn, daß sie einen anderen Auftrag zu erfüllen hatte, als Sir Archie zu lauschen. Aber ihr Herz tat ihr so weh, als sie daran dachte, sein Verbrechen zu verraten. Wenn du ihn dem Büttel auslieferst, dann muß ich brechen, sagte ihr Herz zu ihr. Aber Sir Archie hüllte die Jungfrau enger in ihren Mantel und führte sie hinaus auf die Straße. Dann ging er mit ihr bis zu Torarins Hütte. Und sie merkte, wie er sich jedesmal, wenn der Sturm sehr ungestüm an sie heranbrauste, vor sie stellte und sie schützte.

Elsalill dachte die ganze Zeit, während sie so gingen: meine tote Milchschwester wußte nichts davon, daß er sein Vergehen sühnen und ein guter Mensch werden will.

Sir Archie flüsterte noch immer Elsalill die holdseligsten Worte ins Ohr. Und je länger Elsalill ihm lauschte, desto größer wurde ihre Zuversicht.

Nur damit ich Sir Archie solche Worte in mein Ohr flüstern höre, hat mich meine Milchschwester herbeschieden, dachte sie. Sie liebt mich so inniglich. Sie will nicht mein Unglück, sondern mein Glück.

Und als sie vor der Hütte stehenblieben, fragte Sir Archie Elsalill noch einmal, ob sie ihm übers Meer folgen wolle? Und Elsalill antwortete, mit Gottes Hilfe wolle sie ihn geleiten.

Die Friedlose

Am nächsten Tag hatte der Sturm aufgehört. Es war nun mildes Wetter, aber das konnte dem Schnee nicht viel anhaben, sondern das Meer war verschlossen wie nur je.

Als Elsalill am Morgen erwachte, dachte sie. Sicherlich ist es besser, wenn ein Missetäter sich bekehrt und nach Gottes Geboten lebt, als wenn er gestraft und getötet wird.

Im Laufe des Tages sandte Sir Archie einen Boten zu Elsalill, der ihr einen breiten Armreif aus Gold brachte.

Und es beglückte Elsalill, daß Sir Archie daran gedacht hatte, ihr eine Freude zu bereiten, und sie dankte dem Boten und empfing die Gabe.

Aber als er gegangen war, mußte sie daran denken, daß Sir Archie diesen Reif für Herrn Arnes Schatz gekauft hatte. Sie konnte es nicht ertragen, ihn vor Augen zu sehen, als sie daran dachte. Sie riß ihn vom Arme und warf ihn weit von sich.

Was für ein Leben wird das für mich werden, wenn ich stets denken muß, daß ich von Herrn Arnes Schatz lebe, dachte sie. Wenn ich einen Bissen zu den Lippen führe, muß ich da nicht an die geraubten Goldstücke denken, und wenn ich ein neues Kleid bekomme, dann muß es mir in den Ohren klingen, daß dies für unrechtmäßiges Gut gekauft ist. Jetzt sehe ich doch, daß es mir nicht möglich ist, Sir Archie zu folgen und sein Leben mit ihm zu leben. Ich werde es ihm sagen, wenn er zu mir kommt.

Als der Abend anbrach, kam Sir Archie zu ihr. Er war voll Freude, denn keinerlei böse Gedanken hatten ihn gequält, und er glaubte, dies komme daher, weil er versprochen hatte, an einer jungen Jungfrau gutzumachen, was er an der anderen verbrochen hatte.

Als Elsalill ihn sah und ihn reden hörte, vermochte sie nicht, ihm zu sagen, daß sie betrübt war und sich von ihm trennen wollte.

Alle die Sorgen, die an ihr nagten, vergaß sie, wenn sie so saß und Sir Archie zuhörte.

Der nächste Tag war ein Sonntag, und da ging Elsalill zur Kirche. Sie ging sowohl zur hohen Messe wie zum Abendgesang.

Als sie bei der hohen Messe saß und dem Geistlichen lauschte, hörte sie ganz in der Nähe jemanden schluchzen und weinen.

Sie glaubte, es sei einer von denen, die neben ihr in der Bank saßen, aber, ob sie gleich nach rechts und nach links ausblickte, so sah sie doch nichts anderes, als ruhige und feierliche Menschen.

Gleichwohl hörte sie deutlich, daß jemand weinte, und es deuchte sie, der Weinende sei ihr so nahe, daß sie ihn erreichen müsse, wenn sie nur die Hand ausstreckte.

Elsalill saß da und hörte, wie es seufzte und schluchzte, und sie dachte bei sich selbst, daß sie nie etwas gehört hatte, was so todesbetrübt geklungen hätte.

Wer ist es, der so tiefen Kummer trägt, daß er so bittere Tränen vergießen muß? dachte Elsalill.

Sie schaute sich um, und sie beugte sich über die nächste Bank vor, um es zu sehen. Aber alle saßen stumm da, und niemandes Gesicht war von Tränen überströmt.

Da dachte Elsalill, daß sie wohl nicht zu fragen und zu grübeln brauchte. Hatte sie doch vom ersten Augenblick an gewußt, wer es wäre, der neben ihr weinte.

»Mein Liebchen,« flüsterte sie, »warum zeigst du dich mir nicht, wie du ehegestern tatest. Du weißt ja doch, daß ich gerne alles tun will, was in meinen Kräften steht, um deine Tränen zu trocknen.«

Sie horchte nach einer Antwort, aber sie erhielt keine. Sie hörte nur, wie die Tote neben ihr schluchzte.

Elsalill versuchte, darauf zu hören, was der Priester auf seiner Kanzel sagte, aber sie konnte dem nicht recht folgen, was er sprach. Und sie ward ungeduldig und flüsterte: »Ich weiß eine, die mehr Grund hat, zu weinen, als sonst irgend jemand, und das bin ich selbst. Hätte meine Milchschwester mich nicht wissen lassen, wer ihre Mörder sind, so könnte ich hier jetzt in Lust und Freude sitzen.«

Während sie dem Weinen lauschte, wurde sie immer erzürnter, so daß sie dachte: Wie kann meine tote Milchschwester von mir verlangen, daß ich den verrate, den ich lieb habe? Niemals hätte sie selbst so etwas begehen wollen, wenn sie noch am Leben gewesen wäre.

Sie saß in die Kirchenbank eingeschlossen, aber sie konnte sich kaum stillhalten. Sie wiegte den Körper hin und her, und sie rang die Hände. Nun wird mich dies wohl den ganzen Tag verfolgen, dachte sie. Wer weiß, fuhr sie fort und wurde immer ängstlicher, wer weiß, ob es mir nicht mein ganzes Leben lang folgen wird?

Aber immer tiefer und schwerer wurde das Schluchzen, das sie neben sich hörte, und schließlich rührte es doch ihr Herz, so daß sie selber zu weinen anfing.

Wer so weint, muß wohl einen furchtbar schweren Kummer tragen, dachte sie. Dem muß wohl ein Leid auferlegt sein, das schwerer ist, als ein Lebender fassen könnte.

Als der Gottesdienst zu Ende war und Elsalill die Kirche verlassen hatte, hörte sie das Schluchzen nicht mehr. Aber auf dem ganzen Heimwege ging sie selbst daher und weinte, weil ihre Milchschwester keine Ruhe finden konnte in ihrem Grabe.

Aber als abends wieder Gottesdienst gehalten wurde, ging Elsalill abermals zur Kirche, denn sie mußte wissen, ob ihre Milchschwester noch dort säße und weinte.

Und sowie Elsalill in die Kirche trat, hörte sie sie, und ihre Seele erbebte in ihr, als sie das Schluchzen vernahm. Sie fühlte, daß ihre Stärke verging, und sie hatte keinen anderen Willen mehr, als der Toten zu helfen, die friedlos unter den Menschen umherwanderte.

Als Elsalill aus der Kirche kam, war es noch so hell, daß sie sehen konnte, wie einer von denen, die vor ihr gingen, blutige Fußstapfen auf dem Schnee hinterließ.

Wer kann das sein, der so arm ist, daß er mit nackten Füßen geht und blutige Fußspuren hinterläßt? dachte sie.

Alle, die vor ihr gingen, sahen aus wie wohlgestellte Leute. Sie waren alle fein säuberlich gekleidet und hatten Schuhe an den Füßen.

Aber die roten Fußstapfen waren nicht alt. Elsalill sah, wie sie sich in der Schneerinde abdrückten.

Das ist jemand, der sich auf weiten Wegen wundgegangen hat, dachte sie. Gott lasse ihn nicht mehr lange wandern, bis er unter ein schirmend Dach kommt und Ruhe findet.

Sie wollte gerne wissen, wer es war, der eine so schwere Wanderung gemacht hatte, und sie folgte den Fußstapfen, obgleich sie so von ihrem eigenen Wege abweichen mußte.

Aber plötzlich merkte sie, daß alle Kirchenbesucher eine andere Richtung eingeschlagen hatten, und daß sie sich allein auf dem Wege befand. Aber dennoch zeichneten sich noch immer die blutroten Fußstapfen vor ihr ab.

Es ist meine arme Milchschwester, die da geht, dachte sie da, und sie erkannte bei sich selbst, daß sie die ganze Zeit gewußt hatte, daß jene es war.

Ach, mein armes Schwesterlein, ich glaubte, du wandeltest so leicht über die Erde, daß du deinen Fuß nicht an den Boden stießest. Aber keiner der Lebenden kann verstehen, wie schmerzensreich deine Wanderung sein mag.

Die Tränen stürzten ihr in die Augen, und sie seufzte: Daß sie doch keine Ruhe finden kann in ihrem Grabe. Weh mir, daß sie hier so lange umherirren mußte, daß ihre Füße blutig geworden sind.

»Bleib stehen, mein liebes Schwesterlein,« rief sie, »bleib stehen, damit ich mit dir sprechen kann.«

Aber als sie so rief, sah sie, wie die Fußstapfen sich noch rascher vom Schnee abhoben, als ob die Tote ihre Schritte beschleunigte.

Jetzt flieht sie vor mir. Sie erwartet von mir keine Hilfe mehr, sagte Elsalill.

Die blutigen Fußstapfen brachten sie ganz außer sich, und sie rief: »Mein herzallerliebstes Schwesterlein, ich will alles tun, was du willst, auf daß du Ruhe findest in deinem Grabe.«

Kurz nachdem Elsalill diese Worte gesprochen hatte, kam eine hochgewachsene Frau, die hinter ihr gegangen war, auf sie zu und legte die Hand auf ihren Arm.

»Wer bist du, der du hier über die Landstraße gehst und weinst und die Hände ringst?« sagte die Frau. »Du gleichst einem kleinen Jüngferchen, das am Freitag zu mir kam und in meine Dienste treten wollte und dann fortblieb. Oder bist du's vielleicht gar selber?«

»Nein, ich bin's nicht selber,« sagte Elsalill, »aber wenn es so ist, wie ich meine, daß Ihr die Wirtin vom Rathauskeller seid, so weiß ich, von welcher Jungfrau Ihr sprecht.«

»Dann mußt du mir sagen, warum sie von mir fortging und nicht wiederkam,« sagte die Wirtin.

»Sie ging von Euch fort,« sagte Elsalill, »weil sie nicht die Reden all der Missetäter hören wollte, die in Euerm Saale saßen.«

»Wohl sitzen manche wilde Gesellen in meinem Saal, aber keine Missetäter,« sprach die Wirtin.

»Und doch hörte die Jungfrau, wie drei Männer, die dort saßen, miteinander sprachen,« erwiderte Elsalill, »und einer von ihnen sagte: ›Trink, Bruderherz! Noch währt Herrn Arnes Schatz.‹«

Als Elsalill dies gesagt hatte, dachte sie: Nun habe ich meiner Milchschwester geholfen und erzählt, was ich gehört habe. Möge nun Gott mir helfen, daß die Wirtin es sich nicht einfallen läßt, meinen Worten Glauben zu schenken, dann trage ich keine Schuld.

Aber als sie an dem Gesicht der Wirtin sah, daß sie ihr glaubte, da erschrak sie gar sehr und wollte fliehen.

Doch bevor sie noch einen Schritt machen konnte, hatte die schwere Hand der Wirtin mit sicherem Griff die ihre gefaßt, so daß sie nicht entrinnen konnte.

»Hast du erzählen hören, daß solche Worte in meinem Kellersaal gefallen sind, Jungfrau,« sagte die Wirtin, »dann geht es nicht an, daß du dich aus dem Staube machst. Du mußt mir zu jenen folgen, die die Macht und den Willen haben, die Mörder zu greifen und sie der Strafe zu überantworten.«

Sir Archies Flucht

Elsalill kam in den Kellersaal, in ihren langen Mantel gehüllt, und ging zu einem Tische, an dem Sir Archie saß und mit seinen Freunden zechte. Es waren eine Menge Gäste um die Tische geschart, aber Elsalill kümmerte sich nicht um all die staunenden Blicke, die ihr folgten, als sie hinging und sich an die Seite dessen setzte, dem sie gut war. Sie dachte nur, daß sie die letzten Augenblicke, in denen Sir Archie noch seine Freiheit hatte, mit ihm beisammen sein wollte.

Als Sir Archie Elsalill kommen und sich neben ihm niederlassen sah, da stand er auf und setzte sich mit ihr an einen Tisch, der weit unten im Saale hinter einer Säule verborgen stand. Sie konnte sehen, daß es ihm nicht gefiel, daß sie zu ihm in den Keller gekommen war, da es nicht Brauch war, daß junge Jungfrauen sich dort sehen ließen.

»Ich habe Euch keine lange Botschaft zu sagen, Sir Archie,« sagte Elsalill, »aber Ihr müßt doch wissen, daß es nicht bei mir steht, Euch in Euer Land zu folgen.«

Als Sir Archie Elsalill dies sagen hörte, da erschrak er gar sehr, denn er fürchtete, wenn er Elsalill verlöre, würden die bösen Gedanken wieder Gewalt über ihn erlangen.

»Warum willst du mir nicht folgen, Elsalill?« fragte Sir Archie.

Elsalill saß bleich wie der Tod, ihre Gedanken waren so verwirrt, daß sie kaum wußte, was sie ihm antwortete.

»Es tut nicht gut, einem Landsknecht zu folgen,« sagte sie. »Niemand weiß, ob so einer Treu und Gelöbnis hält.«

Bevor Sir Archie noch antworten konnte, trat ein Seemann in den Kellersaal.

Er ging auf Sir Archie zu und sagte ihm, daß er von dem Schiffer der Galeasse ausgesandt sei, die hinter der Kleeinsel eingefroren lag. Nun ließ der Schiffer sagen, daß Sir Archie und alle seine Mannen an diesem Abend ihre Habseligkeiten in Ordnung bringen und an Bord kommen sollten. Der Sturm hätte sich aufs neue erhoben.

Das Meer sei bis weit nach Westen frei geworden. Es könne wohl sein, daß noch vor Tagesanbruch der Weg nach Schottland offen sei.

»Du hörst, was er sagt,« sagte Sir Archie zu Elsalill. »Willst du mich geleiten?«

»Nein,« sagte Elsalill, »ich will Euch nicht geleiten.«

Aber im tiefsten Herzen war sie sehr froh, denn sie dachte: Nun kann es sich doch fügen, daß er von dannen zieht, ehe noch die Wache kommt und ihn greift.

Sir Archie stand auf und ging zu Sir Philip und Sir Reginald und sprach von der Botschaft. »Geht ihr vor mir heim nach der Herberge,« sagte er, »und macht alles bereit! Ich muß noch ein paar Worte mit Elsalill sprechen.«

Als Elsalill sah, daß Sir Archie zu ihr zurückkam, streckte sie die Hände gegen ihn aus. »Warum kommt Ihr zurück, Sir Archie?« sagte sie. »Warum eilt Ihr nicht hinunter zum Meer, so rasch Eure Füße Euch tragen können?«

Denn ihre Liebe zu Sir Archie war so groß. Sie hatte ihn wohl um ihrer lieben Milchschwester willen verraten, aber sie wünschte nichts sehnlicher, als daß er entrinnen möchte.

»Nein, ich will dich zuerst noch einmal bitten, daß du mit mir kommst,« sagte Sir Archie.

»Ihr wißt doch, Sir Archie, daß ich Euch nicht folgen kann,« sagte Elsalill.

»Warum kannst du nicht?« sagte Sir Archie. »Du bist ein so einsames und armes Mägdlein, daß keine Menschenseele danach fragt, was aus dir wird. Aber wenn du mit mir kommst, will ich dich zu einer mächtigen Frau machen. Ich bin ein vornehmer Mann in meinem Heimatlande. Du wirst in Seide und Gold gekleidet gehen, und du wirst an des Königs Hof den Reigen führen.«

Elsalill zitterte, daß er bei ihr verweilte, während noch die Flucht möglich war. Sie hatte kaum die Ruhe, ihm zu antworten: »Zieht nun von hinnen, Sir Archie! Ihr sollt nicht länger verweilen, um mich zu bitten.«

»Ich will dir etwas sagen, Elsalill!« sagte Sir Archie und sprach mit immer weicherer Stimme zu ihr. »Als ich dich zuerst sah, da dachte ich nur daran, dich zu locken und zu betören. Ich habe dir so manchesmal zuvor goldene Berge versprochen, aber seit ehegestern abend meine ich es ehrlich mit dir. Und nun ist es mein Wille und mein Wunsch, dich zu meinem Ehegemahl zu machen. Du kannst mir vertrauen, so wahr ich ein Edelmann und ein Krieger bin.«

Im selben Augenblick hörte Elsalill, daß bewaffnete Männer über den Marktplatz vor den Keller zogen. Wenn ich ihm nun folge, dachte sie, so kann er noch entrinnen. Ich ziehe ihn ins Verderben. Um meinetwillen verweilt er hier so lange, daß die Wache ihn ergreifen kann. Aber ich kann doch dem Manne nicht folgen, der alle die Meinen gemordet hat, dachte sie.

»Sir Archie,« sagte Elsalill, und sie hoffte, daß sie ihm Furcht einjagen würde. »Hört Ihr nicht, daß bewaffnete Männer über den Markt gezogen kommen?«

»Freilich höre ich es,« sagte Sir Archie. »Es hat wohl irgendwo in einer Schenke eine Schlägerei gegeben. Sei unbesorgt, Elsalill, es sind nur ein paar Fischer, die über Wetter und Wind in Zank geraten sind.«

»Sir Archie,« sagte Elsalill, »hört Ihr nicht, daß sie vor dem Rathause halt machen?«

Elsalill zitterte vom Scheitel bis zur Sohle, aber Sir Archie merkte es nicht, sondern war ganz ruhig.

»Wo sollten sie wohl sonst halt machen?« sagte Sir Archie. »Sie müssen doch die Unruhestifter herführen, um sie im Rathaus ins Gefängnis zu werfen. Höre nicht auf sie, Elsalill, höre auf mich, der dich bittet, ihm übers Meer zu folgen!«

Aber Elsalill versuchte noch einmal, Sir Archie zu erschrecken.

»Sir Archie,« sagte sie, »hört Ihr nicht, wie die Gewappneten die Treppe zum Rathauskeller hinuntersteigen?«

»Freilich höre ich es,« sagte Sir Archie, »sie kommen wohl her, um eine Kanne Bier zu leeren, nachdem sie ihre Gefangenen in sicheren Gewahrsam gebracht haben. Denke nicht an sie, Elsalill, sondern denke daran, daß morgen du und ich über das freie Meer in mein teures Vaterland ziehen.«

Aber Elsalill war leichenblaß, und sie zitterte so, daß sie kaum sprechen konnte.

»Sir Archie,« sagte sie, »seht Ihr nicht, wie sie dort oben beim Schanktisch mit der Wirtin sprechen. Sie fragen sie wohl, ob einer von denen, die sie suchen, hier zu finden sei?«

»Sie machen wohl mit ihr aus, daß sie ihnen in dieser stürmischen Nacht einen starken heißen Trunk brauen soll,« sagte Sir Archie. »Du sollst nicht so sehr zittern und bangen, Elsalill. Du kannst mir ohne Furcht folgen. Ich sage dir, wenn mein Vater mich jetzt mit dem edelsten Fräulein in meinem Lande vermählen wollte, ich würde ihr nein sagen. Komm du getrost mit mir übers Meer, Elsalill! Du wirst dem größten Glück entgegenziehen.«

Unten an der Tür versammelten sich immer mehr Landsknechte, und Elsalill wußte vor Angst nicht mehr aus noch ein. Ich kann es nicht mit ansehen, daß sie kommen und ihn greifen, dachte sie. Sie beugte sich zu Sir Archie und flüsterte ihm zu:

»Höret Ihr nicht, Sir Archie, daß die Männer die Wirtin fragen, ob Herrn Arnes Mörder hier im Saale sind?«

Da warf Sir Archie einen Blick durch das Gemach und sah die Landsknechte, die mit der Wirtin sprachen. Aber er sprang nicht auf, um zu fliehen, wie Elsalill erwartet hatte, sondern er beugte sich hinab und sah Elsalill tief in die Augen. »Hast du, Elsalill, mich erkannt und verraten?« fragte er.

»Ich habe es um meiner lieben Milchschwester willen getan, auf daß sie Ruhe finde in ihrem Grabe,« sagte Elsalill. »Gott weiß, was es mich gekostet hat, es zu tun. Aber flieht nun, Sir Archie! Noch ist es Zeit. Noch haben sie nicht Türen und Vorsaal verrammelt.«

»Du Wolfsjunges!« sagte Sir Archie. »Als ich dich zum ersten Male auf den Brücken sah, da dachte ich, daß ich dich töten sollte.«

Aber Elsalill legte ihre Hand auf seinen Arm. »Flieht, Sir Archie, ich kann nicht stillsitzen und sehen, wie sie kommen und Euch greifen. Wollt Ihr nicht ohne mich fliehen, so werde ich Euch in Gottes Namen folgen. Aber bleibt nicht länger um meinetwillen hier, Sir Archie. Alles, was Ihr begehrt, will ich für Euch tun, wenn ihr nur Euer Leben rettet.«

Aber Sir Archie war jetzt sehr zornig, und er sprach hohnvoll zu Elsalill.

»Nun wirst du niemals, o Jungfrau, in goldgestickten Schuhen durch weite Schloßgemächer wandeln. Nun kannst du dein Leben lang hier in Marstrand bleiben und Heringe putzen. Niemals bekommst du einen Gatten, der Schloß und Lehen hat, Elsalill. Dein Mann wird ein armer Fischer sein, und deine Wohnstatt eine Hütte auf der kahlen Schäre.«

»Hört Ihr nicht, wie sie alle Türen besetzen und mit gestreckten Lanzen alle Eingänge bewachen?« fragte Elsalill. »Warum eilt Ihr nicht von hinnen? Warum flieht Ihr nicht hinunter aufs Eis und verbergt Euch auf einem Schiffe?«

»Ich fliehe nicht, weil es mich ergötzt, mit dir Zwiesprach zu halten, Elsalill,« sagte Sir Archie. »Denkst du auch daran, daß es jetzt mit aller Freude für dich vorbei ist, Elsalill? Denkst du auch daran, daß es jetzt aus ist mit meiner Hoffnung, meine Schuld zu sühnen?«

»Sir Archie,« flüsterte Elsalill und erhob sich in ihrer großen Angst, »jetzt sind sie bereit. Jetzt kommen sie, um Euch zu greifen. Flieht, ach flieht! Ich will zu Euch auf das Schiff kommen, wenn Ihr nur flieht.«

»Du brauchst dich nicht so zu ängstigen, Elsalill,« sagte Sir Archie. »Wir haben noch Zeit, ein weniges miteinander zu plaudern. Die Landsknechte haben es nicht im Sinn, sich hier auf mich zu stürzen, wo ich mich verteidigen kann. Sie wollen mich wohl auf der engen Kellertreppe fangen. Da wollen sie mich auf ihre langen Lanzen spießen. Das ist es ja, was du mir immer gewünscht hast, Elsalill.«

Aber je erschrockener Elsalill sich zeigte, desto ruhiger wurde Sir Archie. Sie flehte ihn an, zu fliehen, aber er lachte nur.

»Du mußt nicht so sicher sein, Jungfrau, daß die Landsknechte mich fangen können. Ich habe schon schlimmere Gefahren bestanden als diese und bin mit heiler Haut davongekommen. Da sah es vor ein paar Monaten in Schweden ärger für mich aus. Da hatten ein paar Verleumder König Johann gesagt, seine schottische Garde sei ihm nicht treu. Und der König glaubte ihnen. Er ließ die drei Anführer in den Turm werfen, und ihre Mannen wies er aus seinem Reich und ließ sie bewachen, bis sie über die Grenze waren.«

»Flieht, Sir Archie, flieht!« bat Elsalill.

»Du darfst um meinetwillen nicht bange sein, Elsalill,« sagte Sir Archie und lachte hart auf. »Heute abend bin ich wieder der alte, jetzt bin ich wieder in meiner Laune von einst. Jetzt sehe ich die junge Jungfrau nicht mehr vor meinen Augen, da weiß ich mir schon zu helfen. Ich will dir von den dreien erzählen, die in König Johanns Gefängnis saßen. Die schlichen sich eines Nachts, als die Wächter berauscht waren, aus dem Turm und machten sich davon. Dann flüchteten sie zur Grenze. Aber solange sie in des Schwedenkönigs Land wanderten, wagten sie nicht zu verraten, wer sie waren. Sie wußten sich keinen anderen Rat, Elsalill, sie verschafften sich Kleider aus zottigen Fellen und sagten, sie seien Gerbergesellen, die über Land gingen, um Arbeit zu suchen.«

Aber jetzt begann Elsalill zu merken, wie verändert Sir Archie gegen sie war. Und sie begriff, daß er sie haßte, seit er wußte, daß sie ihn verraten hatte.

»Sprecht nicht so, Sir Archie!« sagte Elsalill.

»Warum mußtest du mich betrügen, als ich dir am meisten glaubte?« sagte Sir Archie. »Jetzt bin ich wieder so, wie ich früher war. Jetzt lasse ich es mir nicht einfallen, jemanden zu schonen. Und jetzt wirst du sehen, daß mir alles wieder glücken wird wie einst im Leben. Waren wir nicht übel daran, ich und meine Genossen, als wir endlich Schweden durchwandert hatten und hierher an die Küste kamen? Wir hatten kein Geld, um uns ehrliche Kleider zu kaufen. Wir hatten kein Geld, um die Überfahrt nach Schottland zu bezahlen. Wir wußten uns keinen anderen Rat, als in den Pfarrhof von Solberga einzudringen.«

»Sprecht nicht mehr davon!« sagte Elsalill.

»Doch, jetzt sollst du alles hören, Elsalill,« sagte Sir Archie. »Es gibt eins, was du nicht weißt, und das ist, daß wir zuerst, als wir in den Pfarrhof gekommen waren, zu Herrn Arne gingen, ihn weckten und ihm sagten, daß er uns Geld geben solle. Wenn er es gutwillig täte, wollten wir ihm nichts zuleide tun. Aber Herr Arne fing Händel mit uns an, und da mußten wir ihn niederwerfen. Und nachdem wir ihn getötet hatten, mußten wir auch seine Leute alle fällen.«

Elsalill unterbrach Sir Archie nicht mehr, aber es wurde kalt und leer in ihrem Herzen. Sie schauderte, als sie Sir Archie sah und hörte, denn während er sprach, bekam er ein grausames, blutdürstiges Aussehen. Was wollte ich tun? dachte sie. Bin ich toll gewesen, und habe ich den geliebt, der alle die Meinen gemordet hat? Möge Gott mir meine Sünde vergeben!«

»Als wir glaubten, daß alle tot seien,« sagte Sir Archie, »schleppten wir die schwere Geldtruhe aus dem Hause. Dann legten wir ringsherum Feuer an, damit die Menschen glaubten, Herr Arne sei verbrannt.«

»Ich habe einen Wolf im Walde geliebt,« sagte Elsalill zu sich selbst. »Und ihn habe ich vor der Strafe retten wollen!«

»Aber wir fuhren aufs Eis hinunter und flohen übers Meer,« fuhr Sir Archie fort. »Wir hatten keine Furcht, solange wir das Feuer zum Himmel lodern sahen, aber als wir es abnehmen sahen, erschraken wir. Wir wußten nun, daß Leute dorthin gekommen waren, die die Feuersbrunst gelöscht hatten, und daß man uns nachsetzen könne. Da fuhren wir ans Land zurück, wo wir eine Flußmündung mit schwachem Eise gesehen hatten. Wir hoben die Geldtruhe vom Schlitten und fuhren weiter, bis das Eis unter dem Pferde brach. Da ließen wir dieses ertrinken und sprangen selbst zur Seite. Wenn du nicht eine Jungfrau wärest, Elsalill, würdest du begreifen, daß dies kühn gehandelt war. Wir haben uns wie Männer benommen.«

Jetzt war Elsalill ganz still. Sie saß da und fühlte einen brennenden Schmerz im Herzen. Aber Sir Archie haßte sie und war es froh, sie zu quälen. »Darauf nahmen wir unsere Gürtel und befestigten sie an der Truhe und begannen sie zu ziehen. Aber da die Truhe Spuren auf dem Eise hinterließ, gingen wir ans Land, rissen einer Tanne die Äste ab und legten Tannenreisig unter die Truhe. Dann streiften wir unsere Schuhe ab und wanderten über das Eis, ohne Spuren zu hinterlassen.«

Sir Archie hielt inne, um einen hohnvollen Blick auf Elsalill zu werfen.

»Obschon dies alles uns trefflich geglückt war, waren wir doch übel dran. Wohin wir auch mit unseren blutigen Kleidern kämen, müßten wir erkannt und ergriffen werden. Aber höre nun dies, Elsalill, so daß du es allen jenen sagen kannst, die es unternehmen wollen, uns nachzusetzen, damit sie verstehen, daß wir nicht zu denen gehören, die sich leicht fangen lassen! Höre dies: als wir über das Eis in der Richtung nach Marstrand gingen, da trafen wir auf dem Meere unsere Landsleute und Kameraden, dieselben, die König Johann aus seinem Lande verwiesen hatte. Sie hatten Marstrand des Eises wegen nicht verlassen können, und sie halfen uns in unserer Not, so daß wir zu Kleidern kamen. Seither sind wir ohne Fährnis hier in Marstrand umhergegangen. Und keine Gefahr hätte uns fürder bedroht, wenn du nicht treulos gewesen wärest und mich verraten hättest.«

Elsalill saß still da, der Schmerz war zu groß für sie. Sie konnte kaum fühlen, daß ihr Herz schlug.

Aber Sir Archie sprang auf und rief:

»Und auch heute abend wird uns nichts Böses widerfahren. Dessen sollst du Zeuge sein, Elsalill.«

Und damit ergriff er Elsalill mit seinen beiden Händen und hob sie empor. Und mit Elsalill vor sich, wie mit einem Schild, eilte Sir Archie durch den Kellersaal dem Ausgange zu. Und die Landsknechte, die als Wachen vor der Türe standen, streckten ihre langen Hellebarden gegen ihn aus, aber sie konnten sie nicht gebrauchen, aus Furcht, Elsalill zu verwunden.

Als Sir Archie auf die enge Treppe kam, streckte er Elsalill wieder vor sich aus. Und sie schützte ihn besser als der prächtigste Harnisch, denn die Krieger, die dort aufgestellt waren, konnten keinen Gebrauch von ihren Waffen machen. So kam er ein gutes Stück die Treppe hinauf, und Elsalill fühlte, wie ihr des Himmels freie Luft entgegenwehte.

Aber Elsalill empfand keine Liebe mehr zu Sir Archie, sondern den tödlichsten Haß, und sie dachte nur daran, daß er ein böser Mörder war. Und als sie nun sah, daß sie ihn mit ihrem Leibe schützte, so daß er nahe daran war, zu entrinnen, da streckte sie ihre Hand aus und zog eine der Lanzen, die die Krieger hielten, an sich heran und richtete sie auf ihr Herz. Nun will ich meiner Milchschwester so dienen, daß dies Werk endlich vollbracht sei, dachte Elsalill. Und beim nächsten Schritte, den Sir Archie über die Treppe machte, drang die Lanze in Elsalills Herz.

Aber da stand Sir Archie schon auf der obersten Stufe. Und die Kriegsleute fuhren zurück, als sie sahen, daß einer von ihnen die Jungfrau verwundet hatte. Und er eilte an ihnen vorbei.

Als Sir Archie auf den Marktplatz kam, hörte er aus einem Gäßchen Feldgeschrei und schottische Rufe: »Zu Hilfe! Zu Hilfe! Für Schottland, für Schottland!«

Das waren Sir Philip und Sir Reginald, die die Schotten gesammelt hatten und nun kamen, um ihn zu retten.

Und Sir Archie eilte ihnen entgegen und rief mit lauter Stimme: »Hierher! Hierher! Für Schottland! Für Schottland!«

Über das Eis

Als Sir Archie über das Eis wanderte, hielt er noch immer Elsalill im Arm.

Sir Philip und Sir Reginald schritten an seiner Seite. Sie wollten ihm erzählen, wie sie den Anschlag entdeckt hatten und wie es ihnen geglückt war, die schwere Geldtruhe auf die Galeasse zu schaffen und ihre Landsleute zu versammeln, aber Sir Archie achtete nicht auf sie. Er schien einherzugehen und mit der zu sprechen, die er in seinen Armen trug.

»Wer ist es, den du mit dir führst?« fragte Sir Reginald.

»Das ist Elsalill,« antwortete Sir Archie. »Ich will sie mit hinüber nach Schottland nehmen. Ich will sie nicht hier zurücklassen. Hier würde sie nie etwas anderes sein als ein armes Fischermädchen.«

»Nein, das kann wohl nicht dein Ernst sein,« sagte Sir Reginald.

»Hier würde ihr niemand etwas anderes geben als Kleider aus grober Wolle,« sagte Sir Archie, »und in einem engen Bettlein aus harten Planken müßte sie schlafen. Ich will sie in die weichsten Kissen betten, und aus Marmor will ich ihre Ruhestatt aufführen lassen. Ich will sie in die kostbarsten Pelze hüllen, und ihre Füße sollen Schuhe mit Juwelenspangen umschließen.«

»Fürwahr, du denkst ihr große Ehren zu,« sagte Sir Reginald.

»Ich kann sie nicht hier daheim zurücklassen,« sagte Sir Archie. »Denn wer würde hier wohl Zeit finden, an solch ein armes kleines Ding zu denken? In wenigen Monaten schon würde sie von allen vergessen sein. Niemand würde sich nach ihr umsehen, niemand sie in ihrer Einsamkeit aufsuchen. Aber wenn ich einmal meine Heimat erreiche, dann will ich ihr dort eine schöne Wohnstatt erbauen lassen. Da soll ihr Name in den harten Stein eingegraben sein, so daß niemand ihn vergißt. Da werde ich selbst jeden Tag zu ihr kommen, und da wird alles so herrlich geschmückt sein, daß die Leute von weit und breit herbeiströmen werden, um sie zu besuchen. Da werden Tag und Nacht Kerzen und Lampen brennen, und da wird Musik und Gesang erklingen, als wäre da ein ewiges Fest.«

»Fürwahr, du denkst ihr große Ehren zu,« sagte Sir Reginald noch einmal.

»Ich muß es so fügen, daß sie es gut hat,« sagte Sir Archie. »Sie ist es, die die bösen Gedanken von mir fernhält. Wenn ich sie verlasse, weicht das Glück von mir.«

Der Sturm brauste ihnen heftig entgegen, wie sie über das Eis wanderten. Er riß Elsalills Mantel los und ließ ihn flattern wie eine Fahne.

»Willst du mir einen Augenblick helfen, Elsalill zu tragen,« sagte Sir Archie, »damit ich den Mantel um sie legen kann?«

Sir Reginald empfing Elsalill in seinen Armen, aber in demselben Augenblick erschrak er so heftig, daß er sie zwischen seinen Händen auf das Eis hinuntergleiten ließ.

»Ich wußte nicht, daß Elsalill tot ist,« sagte er.

Wellenrauschen

Die ganze Nacht schritt der Schiffer der großen Galeasse auf dem hohen Verdeck auf und nieder. Es war dunkel, und der Sturm pfiff um ihn her. Er kam bald mit Schnee und bald mit Regen herangetrieben. Noch immer lag das Eis fest und sicher rings um die Galeasse, so daß der Schiffer eigentlich ruhig in seiner Koje hätte schlummern können.

Aber er blieb die ganze Nacht wach. Einmal ums andere führte er die Hand ans Ohr und horchte.

Es war nicht leicht zu erraten, worauf er horchte. Alle seine Leute hatte er an Bord und auch alle die Reisenden, die er nach Schottland bringen wollte. Die lagen jetzt alle in den Schiffsräumen und schliefen. Keiner von ihnen führte ein Gespräch, dem der Schiffer hätte lauschen können.

Als der Sturm über die festgefrorene Galeasse herangeflogen kam, stürzte er sich über das Fahrzeug, gleichsam wie aus alter Gewohnheit, um es vor sich hin übers Meer zu treiben. Und als die Galeasse noch immer still lag, packte sie der Sturm wieder und wieder an. Es rasselte in allen den kleinen Eiszapfen, die im Takelwerk und an den Tauen hingen. Es knackte und knisterte im Schiffsbug. Es knatterte in den Masten, die so gerüttelt wurden, daß sie nahe daran waren, zu zersplittern.

Das war keine stille Nacht. Man vernahm es wie ein leichtes Knirschen in der Luft, wenn der Schnee herangesaust kam. Man hörte Klatschen und Plätschern, wenn der Regen niederpeitschte.

Aber im Eise tat sich eine Spalte nach der anderen auf, und dabei hörte man ein Donnern, als lägen Kriegsschiffe im Meer, die harte Schüsse gegeneinander lösten.

Aber auf dieses alles horchte der Schiffer nicht.

Er ging die ganze Nacht auf und nieder, bis ein grauer Schein sich über den Himmel verbreitete, aber er hörte dennoch nicht, was er hören wollte.

Endlich erklang durch die Nacht ein singendes, eintöniges Brausen, ein wiegender, kosender Laut, wie von fernem Gesang.

Da eilte der Schiffer quer über die Ruderbänke in der Mitte der Galeasse zu dem hohen Aufbau im Kiel, wo seine Leute schliefen. »Steht jetzt auf,« rief er ihnen zu, »und fasset Bootshaken und Ruder. Nun wird bald die Stunde der Befreiung angebrochen sein. Ich höre das Brausen des offenen Wassers. Ich höre der freien Wellen Gesang.«

Die Männer erhoben sich allsogleich aus ihrem Schlummer. Sie standen auf dem Posten längs der Schiffsseiten, während der Morgen langsam anbrach.

Als es endlich so hell wurde, daß sie sehen konnten, was sich in der Nacht zugetragen hatte, fanden sie, daß Buchten und Sunde, weit hinaus ins Meer, offen wogten. Aber in der Bucht, in der sie eingefroren lagen, klaffte nicht eine Spalte im Eise, fest und ungebrochen lag es da.

Und in dem Sunde, der aus der Bucht führte, hatte sich eine hohe Eismauer aufgetürmt. Die Wellen, die davor frei spielten, schleuderten eine Eisscholle nach der anderen hinauf.

Draußen im Sunde wimmelte es von Segeln. Das waren alle die Fischer, die in Marstrand eingefroren gewesen waren und jetzt von dannen eilten. Die See ging hoch, und Eisstücke tanzten noch über die Wogen, aber die Fischer gönnten sich wohl nicht die Zeit, auf ein ruhiges, gefahrloses Meer zu warten, sondern traten ihre Fahrt an. Sie standen im Bug ihrer Boote und hielten scharfen Ausguck. Die kleinen Eisstücke drängten sie mit dem Ruder weg, aber wenn die großen kamen, rissen sie das Steuer herum und wichen aus. Auf der Galeasse stand der Schiffer in dem hochaufgebauten Achterteil und sah ihnen nach. Er merkte wohl, daß sie eine beschwerliche Fahrt hatten, aber er sah auch, wie einer nach dem anderen sich durchschlug und das offene Meer erreichte.

Und als der Schiffer die Segel über die blaue Flut gleiten sah, da packte ihn die Sehnsucht so stark, daß seine Augen sich feuchten wollten.

Aber sein Schiff lag still, und vor ihm türmte sich das Eis zu einer immer gewaltigeren Mauer auf.

Draußen auf dem Meere schwammen nicht nur Fahrzeuge und Boote, sondern zuweilen kamen auch kleine weiße Berge von Eis herangesegelt. Das waren gewaltige Eisschollen, die aufeinanderge-schleudert worden waren und jetzt südwärts trieben. Sie blinkten in der Morgensonne weiß wie Silber, und zuweilen leuchteten sie so rot, als wären sie mit Rosen bestreut.

Aber mitten durch den zischenden Sturm ertönten laute Rufe. Bald klang es wie singende Stimmen und bald wie schmetternde Fanfaren. Ein starker Jubel jauchzte aus diesen Lauten. Es war so, daß einem das Herz aufging, wenn man sie hörte. Sie kamen von einem langen Zuge von Schwänen, die vom Süden heranflogen.

Aber als der Schiffer die Eisberge gen Süden und die Schwäne gen Norden ziehen sah, da kam eine solche Sehnsucht über ihn, daß er die Hände rang.

»Weh mir, daß ich hier weilen muß!« rief er. »Wann kommt der Eisbruch hier in diese Bucht? Vielleicht muß ich noch viele Tage hier liegen und warten.«

Als er gerade so dachte, sah er einen Mann über das Eis heranfah-ren. Er kam aus einem engen Sunde in der Richtung von Marstrand, und er fuhr so ruhig über das Eis, als wüßte er nicht, daß die Wellen wieder anfingen, Boote und Schiffe zu tragen.

Als er an die Galeasse heranfuhr, rief er zum Schiffer hinauf:

»Guter Freund, hast du etwas zu essen, wie du da im Eise festge-froren liegst? Willst du mir nicht gepökelte Heringe abkaufen oder getrockneten Kabeljau oder geräucherten Aal?«

Der Schiffer ließ es sich nicht einfallen, ihm zu antworten. Er er-hob die geballte Faust gegen ihn und fluchte.

Da stieg der Fischkrämer von seiner Fuhre herunter. Er nahm ein Bund Heu aus dem Schlitten und legte es dem Pferde vor. Dann erkletterte er das Verdeck der Galeasse.

Als er vor dem Schiffe stand, sprach er zu ihm mit großem Ernst:

»Ich bin heute nicht hier, um Fische zu verkaufen. Aber ich weiß, daß du ein frommer Mann bist. Darum bin ich hergekommen, um dich zu bitten, daß du mir eine Jungfrau zur Stelle schaffst, die die schottischen Krieger gestern mit auf das Schiff geführt haben.«

»Ich weiß nichts davon, daß sie eine Jungfrau hierher geführt hätten,« sagte der Schiffer. »Keine Frauenstimme habe ich diese Nacht an Bord des Schiffes vernommen.«

»Ich bin Torarin, der Fischkrämer,« sagte der andere, »du hast wohl schon von mir gehört? Ich habe im Pfarrhof von Solberga mit Herrn Arne in derselben Nacht zu Abend gegessen, in der er getötet wurde. Seither habe ich Herrn Arnes Pflegetochter in meinem Hause gehabt, aber gestern nacht wurde sie von seinen Mördern geraubt, und sie haben sie wohl mit hierher auf das Fahrzeug gebracht.«

»Sind Herrn Arnes Mörder an Bord meines Fahrzeugs?« rief der Schiffer entsetzt.

»Du siehst, daß ich ein geringer und schwacher Mann bin,« sagte Torarin. »Mein einer Arm ist lahm, darum fürchte ich mich, mich auf irgendein gewagtes Vorhaben einzulassen. Ich weiß schon seit ein paar Wochen, wer Herrn Arnes Mörder sind, aber ich wagte nicht, zu versuchen, Rache an ihnen zu nehmen. Aber weil ich geschwiegen habe, sind sie jetzt entkommen, und es ist ihnen geglückt, die Jungfrau fortzuführen. Doch jetzt habe ich mir gesagt, daß ich in dieser Sache nichts mehr zu bereuen haben will. Ich will es wenigstens versuchen, die junge Jungfrau zu retten.«

»Wenn Herrn Arnes Mörder hier auf dem Schiffe sind, warum kommt dann nicht die Stadtwache heraus und greift sie?«

»Ich habe die ganze Nacht und den ganzen Morgen gebetet und gesprochen,« sagte Torarin. »Aber die Wache wagt sich nicht hier heraus, sie sagt, hier seien hundert Söldlinge an Bord und sie wage es nicht, den Kampf mit ihnen aufzunehmen. Da dachte ich, daß ich in Gottes Namen wohl allein herausfahren und dich bitten müßte, mir die Jungfrau zur Stelle zu schaffen, denn ich weiß, daß du ein frommer Mann bist.«

Aber der Schiffer sagte ihm nichts über die Jungfrau. Er dachte nur an das andere. »Wie kannst du wissen, daß die Mörder hier an Bord sind?« sagte er.

Torarin wies auf eine große Eichentruhe, die zwischen den Ruderbänken stand.

»Ich habe diese Truhe zu oft in Herrn Arnes Haus gesehen, als daß ich sie nicht kennen sollte,« sagte er. »Darin liegt Herrn Arnes Schatz, und wo sein Schatz ist, da sind wohl auch seine Mörder.«

»Diese Truhe gehört Sir Archie und seinen beiden Freunden, Sir Reginald und Sir Philip,« sagte der Schiffer.

»Ja,« sagte Torarin und sah den Schiffer fest an, »so ist es. Sie gehört Sir Archie und Sir Philip und Sir Reginald.«

Der Schiffer stand eine Weile schweigend und sah sich nach allen Seiten um. »Wann glaubst du, daß hier in der Bucht der Eisbruch kommt?« sagte er zu Torarin.

»Es ist heuer wunderlich,« sagte Torarin. »In dieser Bucht pflegt das Eis früh zu schmelzen, denn hier ist starke Strömung. Aber wie es jetzt steht, mußt du dich in acht nehmen, daß du nicht ans Land gedrängt wirst, wenn das Eis in Bewegung kommt.«

»Ich denke an nichts anderes,« sagte der Schiffer.

Wieder stand er ein Weilchen stumm da. Er wandte das Gesicht dem Meere zu. Die Morgensonne leuchtete hoch am Himmel, und die Wolken warfen ihren Glanz zurück. Hin und wieder zogen die befreiten Schiffe, und die Meervögel kamen mit Freudenschreien vom Süden geflogen. Die Fische hielten sich am Wassersaum, sie machten hohe Sprünge und schnellten glitzernd aus dem Wasser, übermütig nach der Gefangenschaft unter dem Eise. Die Möwen, die draußen an der Eiskante Jagd gehalten hatten, kamen jetzt in großen Scharen ans Land, um in den bekannten Revieren zu jagen.

Der Schiffer konnte diesen Anblick nicht ertragen. »Bin ich ein Freund von Mördern und Missetätern?« sagte er. »Soll ich mir die Augen verschließen und nicht sehen, warum Gott meinem Fahrzeug die Pforten des Meeres nicht auftut? Soll ich vergehen um der Ungerechten willen, die ihre Zuflucht hierher genommen haben?«

Und der Schiffer ging zu seinen Leuten und sagte ihnen: »Ich weiß jetzt, warum wir hier eingeschlossen liegen müssen, während alle anderen Fahrzeuge ins Meer hinausziehen. Das ist, weil wir Mörder und Missetäter an Bord haben.«

Darauf begab sich der Schiffer zu den schottischen Söldlingen, die noch im Schiffsraum lagen und schliefen. »Liebe Leute,« sagte er zu ihnen, »verhaltet euch noch ein Weilchen still, was ihr auch für Rufen und Lärmen an Bord hören möget! Wir müssen Gottes Geboten folgen und keine Missetäter unter uns dulden. Wenn ihr mir gehorcht, verspreche ich euch, daß ich euch die Truhe ausliefern will, in der Herrn Arnes Schatz ist, und ihr sollt ihn untereinander teilen dürfen.«

Aber zu Torarin sagte der Schiffer: »Gehe hinunter zu deinem Schlitten und wirf deine Fische aufs Eis. Du wirst jetzt eine andere Ladung zu führen haben.«

Darauf brach der Schiffer mit seiner Mannschaft in die Kajüte ein, wo Sir Archie und seine Freunde schliefen. Und sie stürzten sich über sie, während sie noch im Schlummer lagen, um sie zu binden.

Und als die drei Schotten sich zu verteidigen suchten, da schlugen sie sie hart mit ihren Äxten und Spaten und sagten zu ihnen: »Ihr seid Mörder und Missetäter. Wie, glaubtet ihr, ihr würdet eurer Strafe entgehen? Wisset ihr nicht, daß Gott um euretwillen die Pforten des Meeres verschlossen hält?«

Da riefen die drei Männer laut nach ihren Kameraden, daß sie kommen sollten und ihnen helfen.

»Ihr sollt nicht nach ihnen rufen,« sagte der Schiffer. »Sie kommen nicht. Sie haben Herrn Arnes Schatz zum Teilen bekommen, und sie sind dabei, die Silbermünzen in ihren Hüten zu messen. Um dieses Geldes willen ist dieser böse Handel geschehen, und um dieses Geldes willen kommt nun die Strafe über euer Haupt.«

Aber ehe noch Torarin die Fische aus dem Schlitten geladen hatte, kamen der Schiffer und seine Mannschaft zu ihm aufs Eis hinab. Sie führten in ihrer Mitte drei Männer, die wohl gefesselt waren. Sie waren jämmerlich geschlagen und ohnmächtig von ihren Wunden.

»Gott hat nicht vergeblich nach mir gerufen,« sagte der Schiffer. »Sowie ich seinen Willen verstanden habe, habe ich ihn befolgt.«

Sie legten die Gefangenen auf Torarins Schlitten, und Torarin fuhr mit ihnen durch enge Buchten und Sunde, wo das Eis noch fest lag, nach Marstrand.

Aber am Nachmittage stand der Schiffer noch auf der hohen Warte seines Fahrzeugs und blickte auf das Meer. Ringsumher war alles noch unverändert, und die Eismauer vor dem Fahrzeug türmte sich höher und immer höher auf.

Als es zu dämmern begann, sah der Schiffer ein kleines Häuflein Menschen von der Landseite her über das Eis ziehen und sich seinem Schiffe nähern.

Es währte lange, bis er die Kommenden so deutlich zu unterscheiden vermochte, daß er sehen konnte, was es für Leute waren. Doch dachte er gleich, daß sie alt und gebrechlich sein müßten, denn sie kamen nur langsam vorwärts.

Endlich, als sie ganz nahe waren, sah er, daß an der Spitze des Zuges zwei Priester in Mantel und Kragen schritten. Der eine war jung und der andere sehr alt. Hinter ihnen gingen ein paar alte Männer, die eine Bahre trugen, und zu allerletzt kam eine alte, alte Frau, die von zwei Dienerinnen gestützt wurde.

Sie blieben auf dem Eise unter dem Schiffe stehen, und der alte Geistliche sagte zum Schiffer:

»Wir sind hergekommen, um eine junge Jungfrau zu holen, die tot ist. Die Mörder haben gestanden, daß sie ihr Leben hingab, damit sie nicht entrannen, und jetzt kommen wir, um sie zu holen, auf daß sie mit allen den Ehren begraben werde, die ihr gebühren, und Ruhe unter den Ihren finde.«

Da wurde Elsalill gefunden und hinunter aufs Eis gebracht. Sie wurde auf die Bahre gelegt, die die alten Männer trugen, und der alte Priester dankte dem Schiffer und wanderte wieder an der Spitze seiner Mannen dem Lande zu.

Aber wie sie sich wendeten, um zu gehen, sah der Schiffer, daß eine junge Jungfrau, die er früher nicht gesehen hatte, neben der Bahre einherging, und sie beugte sich einmal ums andere zu der Toten hinunter und herzte sie zärtlich.

Aber wie die Trauernden dahinschritten, brachen Sturm und Wogen hinter ihnen herein und schleuderten das Eis empor, über das sie eben gewandert waren. Und kaum waren sie mit Elsalill hinter einer Landzunge verschwunden, als das Eis auch schon zersplittert war und die große Galeasse den Weg frei hatte, hinaus ins offene Meer.

Ende

Über tredition

Eigenes Buch veröffentlichen

tredition wurde 2006 in Hamburg gegründet und hat seither mehrere tausend Buchtitel veröffentlicht. Autoren veröffentlichen in wenigen leichten Schritten gedruckte Bücher, e-Books und audio-Books. tredition hat das Ziel, die beste und fairste Veröffentlichungsmöglichkeit für Autoren zu bieten.

tredition wurde mit der Erkenntnis gegründet, dass nur etwa jedes 200. bei Verlagen eingereichte Manuskript veröffentlicht wird. Dabei hat jedes Buch seinen Markt, also seine Leser. tredition sorgt dafür, dass für jedes Buch die Leserschaft auch erreicht wird.

Im einzigartigen Literatur-Netzwerk von tredition bieten zahlreiche Literatur-Partner (das sind Lektoren, Übersetzer, Hörbuchsprecher und Illustratoren) ihre Dienstleistung an, um Manuskripte zu verbessern oder die Vielfalt zu erhöhen. Autoren vereinbaren direkt mit den Literatur-Partnern die Konditionen ihrer Zusammenarbeit und partizipieren gemeinsam am Erfolg des Buches.

Das gesamte Verlagsprogramm von tredition ist bei allen stationären Buchhandlungen und Online-Buchhändlern wie z. B. Amazon erhältlich. e-Books stehen bei den führenden Online-Portalen (z. B. iBookstore von Apple oder Kindle von Amazon) zum Verkauf.

Einfach leicht ein Buch veröffentlichen: **www.tredition.de**

Eigene Buchreihe oder eigenen Verlag gründen

Seit 2009 bietet tredition sein Verlagskonzept auch als sogenanntes "White-Label" an. Das bedeutet, dass andere Unternehmen, Institutionen und Personen risikofrei und unkompliziert selbst zum Herausgeber von Büchern und Buchreihen unter eigener Marke werden können. tredition übernimmt dabei das komplette Herstellungs- und Distributionsrisiko.

Zahlreiche Zeitschriften-, Zeitungs- und Buchverlage, Universitäten, Forschungseinrichtungen u.v.m. nutzen diese Dienstleistung von tredition, um unter eigener Marke ohne Risiko Bücher zu verlegen.

Alle Informationen im Internet: **www.tredition.de/fuer-verlage**

tredition wurde mit mehreren Innovationspreisen ausgezeichnet, u. a. mit dem Webfuture Award und dem Innovationspreis der Buch Digitale.

tredition ist Mitglied im Börsenverein des Deutschen Buchhandels.

Dieses Werk elektronisch lesen

Dieses Werk ist Teil der Gutenberg-DE Edition DVD. Diese enthält das komplette Archiv des Projekt Gutenberg-DE. Die DVD ist im Internet erhältlich auf **http://gutenbergshop.abc.de**

Zeitfracht Medien GmbH
Ferdinand-Jühlke-Straße 7
99095 Erfurt, Deutschland
produktsicherheit@kolibri360.de